Dagmar Maeß · Briefe an diesen und jenen

Schrifttum der Pressestelle
der Evangelisch-Lutherischen Kirche in Thüringen

ISBN 3-374-00537-3

3. Auflage 1989

Lizenz 420.205–156–89. LSV 6530. H 5604.821/VAIII
Printed in the German Democratic Republic
Satz und Druck: Gutenberg Buchdruckerei und
Verlagsanstalt Saalfeld, Betrieb der VOB Aufwärts
Bindearbeiten: Interdruck, Leipzig
00330

DAGMAR MAESS

Briefe an diesen und jenen

EVANGELISCHE VERLAGSANSTALT
BERLIN

Inhalt

Wenn der Lebensraum enger wird, muß man öfter aufräumen und mehr wegwerfen. Das betrifft auch und gerade die Schübe des Schreibtisches.

Wir, meine Frau und ich, nutzten einen trüben Tag dazu, hockten auf dem Fußboden und blätterten Ordner und Mappen meiner Frau durch. Drei Häufchen bildeten sich: Wegwerfen, Aufheben, Vielleicht.

Was sich da alles findet! Notizen, angefangene Briefe, auch vollendete aber nicht abgeschickte, schnell hingeworfene, nie mehr benutzte Ideenskizzen, zum Teil längst vergessen und abgetan, zum Teil wieder ganz lebendig und in neuen Zusammenhängen aktuell.

Ich las mich fest. Eine Fülle von Erfahrungen, Überlegungen, Fragen und immer wieder Fragen, unausgereifte und lang durchdachte.

»Das müßtest du mal sortieren, neu zusammenfügen und formen.«

»Das kann ich nicht. Das wird nichts.«

Wochen und Monate vergehen. Ich höre nicht auf, in abendlichen Gesprächen zu drängen.

Schließlich sind, nach vielem Widerstreben, Briefe entstanden, die ihren ursprünglich gedachten Adressaten nie erreichten, die aber vielleicht doch irgendwo an ein Ziel kommen.

Kh. M.

Lieber Großvater!

Allmählich erfahre ich das, was viele vor mir schon gewußt haben: Wenn die Tage ruhiger verlaufen, wenn das Alter sich einstellt, dann treten die Bilder der Kindheit hervor.

Ich sitze am Fenster. Draußen dämmert der Abend. Der Himmel ist dunstig und von weichem Grau. Nur im Westen fließen Streifen von Karmin, Kupfer, Gold und einem zarten Türkis ineinander. Dann erlischt auch dies. Es beginnt zu schneien. Die Flocken tanzen im Licht der Peitschenlampen.

Und plötzlich sitze ich mit Dir am Fenster der kleinen Stube. Wir halten Dämmerstunde. Die breite Fensterbank hast Du für mich mit einem Kissen gepolstert. Ich strecke die Beine aus und habe es gemütlich. So wie Du im Korbstuhl neben mir sitzest, erscheinst Du kleiner als ich. Dein Kinn liegt auf meinen Knien. Ich tippe mit der flachen Hand auf Dein storres Bürstenhaar. Hinter uns der dunkle Raum, vor uns die Straße im gelben Licht der Laternen. Rennende Kinder mit Pudelmützen, Männer und Frauen. Ihr Atem steigt auf wie der Rauch aus Schornsteinen.

»Erzählst Du mir was?«

»Was soll ich erzählen?«

»Na, von früher.«

»Früher, bei uns zu Hause ...« So begannen meine liebsten Geschichten. Das Bahnwärterhäuschen erschien, in dem Du geboren wurdest, die großen Brüder, die den Kleinen nie für voll nahmen, bis Du sie eines Tages alle in Erstaunen setztest, als Du mit einem Veloziped, einem hölzernen Hochrad, die Straße entlanggefahren kamst. Immer wieder wollte ich hören von der Fahrt den Kirschberg hinunter, als Dir unten in der Kurve das Ochsenfuhrwerk entgegentrottete und Du in der Schußfahrt weder bremsen noch absteigen konntest. Jedesmal ein lustvoller Schauer, wenn Du am Ende der Geschichte zwar blutend und mit kaputtem Rad, aber doch immerhin lebendig im Graben lagst.

Deine Worte aus dem Dämmerlicht erfüllen die ersten Räume meiner Kindheit. Hast Du mir auch Märchen erzählt? Ich weiß es nicht. Meine Erinnerung bewahrt ein gering verändertes zweites Bild vom Fensterplatz mit dem Korbstuhl. Ich sitze auf Deinem Schoß, schwaches Licht fällt von Großmutters Nähmaschinenlampe auf das Buch in Deiner Hand: »Aus deutscher Dichtung«. Vor einiger Zeit habe ich die gelben, zerfledderten Seiten neu binden lassen. Es ist die Schatzkammer meiner Kinderjahre. Merkwürdig zu denken, daß es Deine Stimme in breitem Thüringer Tonfall war, die sie aufschloß. Der Tonfall ging verloren, aber die Bilder, die Personen sind in mir, als gehörten sie in mein Leben. Ich stand neben dem alten Sänger, als der Jüngling blutend zusammenbrach. Ich schmeckte die Birnen des Herrn von Ribbeck auf meiner Zunge. Ich folgte dem Knaben durchs Moor, hörte es glucksen und pfeifen und wispern. Belsazars Grauen kroch auch in mir hoch. Ich sah das Menetekel über dem Sofa.

Lieber Großvater, was brachte Dich auf den ungewöhnlichen Gedanken, ein Kind – ich kann höchstens sieben Jahre alt gewesen sein – derart mit Gedichten zu füttern? Es kann Dir kaum um Bildung gegangen sein. Von den Autoren, von den geschichtlichen oder mythologischen Hintergründen hast Du selber vermutlich wenig gewußt. War das Motiv eine zwiefältige Liebe? Ich weiß, daß Du, der Schriftsetzer, das gedruckte Wort liebtest, nicht jedes, aber doch das, was voller Wohlklang und Geheimnis war. Ich weiß auch, wie sehr Dein Herz an mir hing. An Deiner Hand bin ich in eine Welt eingetreten, in der wir uns beide als Helden und Geschlagene, als Liebende, als Getreue und Trauernde bewegten. Wir zwei, ein Mann in der zweiten Hälfte seines Lebens und ein kleines Mädchen.

Geträumte Bilder, erahnte Gefühle, das waren die Versatzstücke, aus denen ich mir in Stunden des Alleinseins neue Geschichten zimmerte. Ich war gern allein. Je bedrängender die Wirklichkeit wurde, desto phantastischer wurden die Geschichten. Auch in späteren Jahren war das eine probate Fluchtmöglichkeit. Das Entsetzen des Krieges, das Erschrecken über die Fragwürdigkeit der Erwachsenen, die wilde Sehnsucht nach einem Gegenüber, das mich wirklich erkennt – ich knüpfte mir einen Zauberteppich und flog damit in eine Welt, in der mein Wille geschah. Herrliche Flüge, die allemal mit einer schmerzhaften Landung in der Wirklichkeit endeten. Immer war der Traum holder als das Leben.

Vorerst aber nahm ich die Bilder mit in den Tag. Im Garten, hinter dem Schuppen, verwandelte ich mich in den »Pagen von Hochburgund«. Ich küßte den Ärmel Deines grauen Arbeitskittels. Du mußtest mit mir tanzen. Wir faßten uns bei den Händen. Noch heute sehe ich das rissige Leder, die Flicken auf den breiten, schwarzen Schnürstiefeln, während Du einmal das rechte, einmal das linke Bein vor dem Körper schwenktest. Worum es in dem Gedicht eigentlich ging, habe ich gewiß nicht verstanden, wohl aber ahnte ich etwas von einer geheimnisvollen Gewalt, der ich mit Sehnsucht und Angst entgegenlebte. Ja – auch mit Angst.

Viel Heine hast Du mir vorgelesen. Wehmut, Gefährdung, Bitternis. »Du bist wie eine Blume . . .« Ich habe die Worte nie bewußt gelernt, und doch sind sie mit mir durch die Jahre gegangen wie ein Lied.

Einmal waren wir Erinnyen. Mit Stöcken in erhobenen Händen umrundeten wir das Erdbeerbeet: »Wohl dem, der frei von Schuld und Fehle bewahrt die kindlich reine Seele . . .«

Niemand sah uns. Keiner lachte. Meine Phantasie spielte die grausig-moralische Szene zu Ende, während Du die Erdbeeren düngtest.

Gleich darauf war ich Dein Gärtnerlehrling. Ich wußte von Dir, daß es lächerlich sei, sich vor »Pferdesemmeln« zu ekeln. Nichts tut dem Garten so gut wie Pferdemist. Also legte ich mich auf die Lauer, sobald ein Fuhrwerk die Straße entlangrollte. Ob das Pferd den Schwanz hob? Kaum war das erste Semmelchen herabgefallen, so flitzte ich los, um mit Eimer, Besen und Schippe die kostbare Beute einzusammeln.

Ein Morgen voller Sonnenschein und Wärme. Großmutter packt Butterbrote in den Henkelkorb. Du legst einige leere Tüten dazu. Mittlerweile weiß ich, daß Schafgarbe gut ist, wenn man Fieber hat, Huflattich gegen Husten hilft. Kamillensäckchen legt man auf schmerzende Ohren. So viele Kräuter – so viele Wunder. Jedes hat einen anderen Duft. Stundenlang durchstreifen wir das hügelige Land. Die Tüten füllen sich. Auf dem Heimweg darf ich im Dorf in den Kaufladen gehen und für einen Groschen »Säuerlinge« holen. Aus dem runden Bonbonglas lachen sie mir entgegen: grün, rot, orange, gelb. Sie sind schon ein bißchen verklebt, aber die alte Frau stuckert mit der kleinen Schaufel darin herum und reicht sie mir dann in einer spitzen Tüte. Ein köstlich reicher Tag!

Ich erinnere mich keines Spielzeugs, keiner Freundin. Auch Großmutters Bild bleibt blaß, ihr Tun auf Wäsche und Essen beschränkt. Der Partner alles frühen Erlebens bist Du. Waren wir wirklich so häufig zusammen, oder prägte Dein Bild sich tiefer ein als alles andere? Zunächst hattest Du doch noch Arbeit. Ich höre den Lärm der Druckmaschinen. Großmutter und ich holen Dich ab von der »Tribüne«. Bei dieser Zeitung warst Du angestellt. Auf dem Heimweg lädst Du uns ein zu Kaffee und Mohrenköpfen.

Ich weiß auch, daß ich mit Dir »stempeln« ging: graue Flure, stickige Luft, viele große Menschen drängten sich. Es war langweilig.

Aber auf dem Heimweg machten wir's uns lustig. Die dreckige Straße führte an großen Schornsteinen vorüber. Vor jedem Schornstein nahmst Du meine Hand, und wir rannten so schnell wie möglich vorbei; denn »wenn die Esse umfällt, wollen wir sie nicht gerade auf die Nase kriegen«. Schade, daß der Weg so schnell zu Ende war.

Wie gerne würde ich Dir, lieber Großvater, jetzt meinen Schaukelstuhl an die Balkontür rükken. Ich schöbe für mich die Fußbank daneben und säße so an Deiner Seite. Gefällt es Dir bei uns? Die Kinder... die Enkel... die Urenkel... die vielen Bücher... Was wäre aus Dir geworden in unserer Zeit? Welche Möglichkeiten der Entwicklung, des Aufstiegs hätten sich Dir geboten? Darf ich »schade« sagen? Dein Mangel war mein Gewinn. Nichts scheint verlorenzugehen. Ich würde Dir so gerne danken.

Ich fühlte mich sehr im Recht, als ich mich damals beim Zerwürfnis zwischen Dir und Vater auf seine Seite stellte. Rechthaben ist ein kaltes und trauriges Geschäft, aber in der Jugend betreibt man es mit Leidenschaft. Hast Du, als Du den Prozeß begannst, wirklich geglaubt, daß ein Gericht Dir das Sorgerecht über mich zusprechen würde? Gewiß, Du hast mich vor Mutters Tod jahrelang ernährt, als Vater nichts verdiente.

Nach ihrem Sterben war ich noch einmal zwei Jahre bei Dir. Aber nun hatte Vater wieder geheiratet und lebte in geordneten Verhältnissen. Schließlich war ich sein Kind. Hast Du ihn so tief gehaßt? Ihm so mißtraut? Fürchtetest Du, ich könnte unter seinem Einfluß Schaden nehmen?

Ein beklemmendes Bild tritt hervor: Es ist ein Tag in den Sommerferien. Ich stehe am Fenster und warte auf den Vater. Ich soll mit ihm an die Ostsee reisen und dort die neue Mutter kennenlernen. Der Koffer ist fertig gepackt. Eigentlich möchte ich mich freuen. Ich habe das große Wasser gern. Der Vater ist lustig. Aber eine Bemerkung von Dir unterläuft die Freude. Vorhin, als Du den Koffer verschlossest, hörte ich Dich sagen: »Wir wollen nur alles hineinpacken. Vielleicht kommst Du überhaupt nicht mehr wieder.« Hingeworfene Worte, schmale Augen, langes Schweigen mit zusammengekniffenem Mund. Soll ich Dich traurig machen?

Das Auto hält vor dem Haus. Vater steigt aus, reckt sich, reibt sich lachend die Hände und geht der Tür entgegen. Ich möchte weglaufen. Aber wohin? Ich verstecke mich zwischen Sofa und Schrank. Es klingelt. Mein Herz klopft wild, Angst – wovor? – würgt mir in der Kehle. Als man mich schließlich entdeckt, als Vater mich aus dem Winkel herausheben will, fange ich an zu brüllen. Ich heule und schreie und wehre mich mit Händen und Füßen. Vater ist ratlos, verstört. Er geht schnell fort. Wenig später klingelt ein Polizist. Was will der mit einem schreienden Kind anfangen, das zitternd mit eiskalten Händen und heißem Kopf auf dem Sofa kauert?

Ich fahre nicht zur Ostsee, aber der Riß bleibt. Von dieser Stunde an weiß ich, wie herz-zerreißend es ist, als Kind zwischen die feindlichen Linien der Erwachsenen zu geraten. Als Du um mich zu kämpfen begannst, habe ich mich von Dir zurückgezogen. Heute, so scheint mir, bin ich Dir näher als dem Vater.

Zum Glück ist die Erinnerung wie ein Goldwäschersieb: Das Trübe wird fortgespült, und es bleiben die leuchtenden Körnchen. Bei Dir habe ich viele gefunden.

Irgendwann werden wir unser Leben zu verantworten haben. Auch ich. Auch Du. Wie wird der Richter entscheiden? Meine Ungeduld, die raschen Urteile, der selbstsichere Eifer, meine Ironie?

Ich bitte ihn, daß seine Liebe größer sei als mein Versagen. Ich frage ihn auch nach Dir, viele Fragen. Ich möchte noch einmal mit der flachen Hand auf Dein storres Bürstenhaar tippen.

Liebe Mutter!

Zögernd schreibe ich diese Anrede. Ich habe Dich nie so genannt. Mutti, sagte ich, Mamuschka, Mutscherli. In den zwei Jahren, die wir beieinander waren, dachte ich mir immer neue Koseworte aus, morgens, wenn wir im Bett miteinander balgten. Damals warst Du so alt wie meine Jüngste, im Familienkreis heißt sie noch immer »das Kind«, heute ist. Wie spricht eine Fünfzigerin zu ihrer Mutter, die sie nur als ganz junge Frau kannte?

Immer wieder suchen Dich meine Gedanken. Ich krame in alten Fotos, befrage Dein Gesicht. Manchmal gehst Du wie ein Schatten durch meine Träume.

Diesmal hatten sich meine Füße zu Dir auf den Weg gemacht. Zu Dir? Erwartete ich, Dir an einem Grab näherzukommen? Wie auch immer. Ich bin in G. gewesen. Jahrzehntelang hatte ich die Stadt gemieden. Belastende Erinnerungen hafteten an ihrem Namen. Jetzt hatte ich dort einen Auftrag zu erledigen. Bis zur Abfahrt des Zuges war noch Zeit für einen Gang zum Friedhof. Es war ein Herbsttag, wie ihn Dichter besingen: blau und gold, wolkenloser Himmel, Sonne. Meine Füße schlürften durch raschelndes Laub am Straßenrand. So habe ich es in der Kindheit gemacht, an Großvaters Hand. Das Laub reichte mir bis zu den Knien. Die Beine waren kürzer. Heute bin ich so alt, wie Großvater damals war.

»Komm, Mädel, wir gehen zur Mutti«, hatte er gesagt. Ich hüpfte mit, eine rote Gießkanne in der Hand. Wasserschöpfen am Brunnen, geschäftiges Hinundherlaufen. »Meine Blümchen haben Durst . . .« Das Lied gehört zur Erinnerung. Ich sang es für die bunten Stauden, während ich das kleine Beet eifrig begoß. Es war kein trauriger Ort. Die Sehnsucht kam später.

Die Allee zieht sich länger hin, als ich sie in Erinnerung habe. Rechts und links sind neue Häuser entstanden, teuer, vornehm, mit reizvollen Gärten. Früher bauten hier Kleingärtner Obst und Gemüse, und wir kauften prächtige dicke Blumensträuße am Zaun. Manchmal bekam ich eine Birne geschenkt.

Habe ich mich verlaufen? Nein, dort oben am Ende der Straße erkenne ich das Blumenrondell, den Obelisken, dahinter das gußeiserne Tor, breit und verschnörkelt. Dem Kind von damals erschien es wie eine Schloßeinfahrt. Wenn ich frühmorgens wach lag und mich als Prinzessin träumte, fuhren die Kutschen durch solch ein Tor.

Wir haben viel von Dir gesprochen hier oben.

»Erzähl von der Mutti, als sie klein war!«

Der Großvater ging gern darauf ein. Heute ahne ich, wie gut es ihm tat. Du bist sein Lieblingskind gewesen. Selbst die steifen Gruppenbilder, wie sie der Hofphotograph jener Zeit aufbaute, können es nicht verbergen. Immer stehen Vater und Tochter beieinander. Großmutter wirkt schnippisch. Ich weiß, daß sie den wenig begabten Sohn verhätschelte. Die Ehe muß enttäuschend kühl gewesen sein.

Meine Erinnerung beginnt, als die Großeltern fünfzig waren. Im Schlafzimmer standen zwei Betten, eins für die Großmutter, eins für mich. Großvater schlief in der winzigen Kammer nebenan. Er sparte: die Scheine auf der Bank, die Münzen in einer flachen Tabaksdose aus Blech. Wenn die Dose voll war, kaufte er Bücher. Bebilderte Klassikerausgaben sammelten sich auf seinem Schreibtisch in der guten Stube.

»Dieser Unsinn!« sagte die Großmutter. Sein Mädel hatte Freude daran. Erst hat es die Bilder ausgemalt und später darin gelesen. Das Mädel war gescheit. Eines Tages kam der Lehrer ins Haus, er wolle Dir eine Freistelle auf der höheren Schule verschaffen. Großmutter war dagegen: »Was soll das? Wir waren auch nicht dort.« Aber die Partei Vater-Tochter-Lehrer setzte sich durch, ein beachtlicher Sieg. Von nun an bekamst Du ein eigenes Zimmer. Großvaters Träume wucherten.

Dein Tod muß für ihn so absurd gewesen sein, daß ihn sein Herz wohl kaum zur Kenntnis nahm. Er pflegte zwar auf dem Friedhof das Stück Erde, aber an seiner Hand ging ein Mädchen, das er zuweilen mit Deinem Namen rief. Er hatte noch einmal eine Käthe, nicht die, die einen Mann geliebt und geheiratet hatte, die fortgezogen und gestorben war, sondern die kleine, sein Gegenüber, seinen Resonanzboden. Häufig, bei dieser oder jener Reaktion von mir, hörte ich ihn sagen: »Wie Käthe!« Wenn ich wie Käthe war, wurde Großvater fröhlich, enttäuscht, wenn ich mich benahm, wie sie es nicht getan hätte.

Käthe, das war Lachen, Tatkraft und Selbstbewußtsein, ein Mensch ohne Angst und Verzagtheit, jeder Situation gewachsen. Ein strahlendes Käthe-Bild ging vor mir her, verlockend, sich hineinzupassen. Auch dann in Vaters zweiter Ehe kam es einer Belobigung gleich, wie

Käthe zu sein. Später gefiel es mir, die Rolle des »bronzenen Felsens« in der Familie zu spielen. Hatte ich mich der Erwartung angepaßt, oder entsprach es meinem Wesen?

Als Tante Elli neulich meine Jüngste, Deine Enkelin, begrüßte, entfuhr ihr: »Wie Käthe!«

Ich wüßte so gern, wie Du wirklich gewesen bist. Alle in der Familie überlieferten Geschichten zeichnen Dich strahlend, vergnügt und energisch. Warst Du immer so unangefochten von Tränen, Ängsten und Zweifeln? Kanntest Du keine verzagten, unsicheren Stunden? Hatte man Dich am Ende auf das sonnige Bild festgelegt, weil es den anderen das Leben leichter machte? Robuste kann man unbesorgter belasten.

Ich suche in der Erinnerung nach eigenen Bildern von Dir und finde nur wenig. Was bleibt haften bei einem Kind von vier, fünf, sechs Jahren? Sehr blasse Tupfen nur. Und doch ist mir, als müsse ich den Nebel durchdringen, als verstünde ich mich besser, wenn ich Dich deutlicher erkennte.

Arme sind da, glatt, warm, weich. Sie umschließen mich ganz. Du hockst am Boden und bist so groß wie ich. Die Haut riecht gut, nach frischer Seife, ganz anders als die der Großeltern. Vor mir ist Dein Gesicht. Ein Mund mit sehr weißen großen Zähnen. Er redet und lacht und küßt mich. Aus den Augen laufen Tränen. Die Zunge leckt sie ganz schnell weg. Über den Ohren geflochtene Zöpfe, zu Schnecken gesteckt. Meine Hände halten sich daran fest; denn nun hebst Du mich hoch und wirbelst mich herum.

An diesem Tage hatte mich Vater von den Großeltern nach Berlin geholt. Ich war vier Jahre alt. Nun wohnten wir zu dritt in einem Zimmer zur Untermiete. Ein Kinderkorbstuhl stand auf dem winzigen Balkon. Unten donnerte die Hochbahn vorüber. Ich schlief auf der »Ritze« zwischen Euch. Zum ersten Mal war die Familie beisammen.

Was war vorher? Warum bist Du fortgegangen aus G. mit dem Vater? Gewiß, das Theater hatte sein Engagement nicht erneuert. Aber auch in Berlin war er vier Jahre lang ohne Arbeit, und Du mußtest den Lebensunterhalt verdienen. Wie leicht oder wie schwer ist es Dir geworden, mich, Dein Kind, acht Wochen alt, bei den Eltern zurückzulassen? Wer hat mir erzählt, daß beim Abschied am Bahnhof Dein Kopf wieder und wieder unter das Verdeck des Kinderwagens gekrochen sei, damit man die Tränen nicht sähe? Also doch ein dunkles Bild!

Haben Euch die Großeltern hinausgeworfen, oder seid Ihr von selbst gegangen? Sie waren ja beide entsetzt, als Du den Vater ins Haus brachtest. Für die Großmutter war einer vom Theater, ein Regisseur, ein Hallodri. Und der Großvater? Sah er in Vater den, der Dich ihm wegnahm und in eine ungewisse Zukunft führte? Eifersucht und Sorge zugleich?

Du hast mich in der kleinen Stube geboren. Als man dem Großvater das Bündel in den Arm gab, sei er damit in die Küche gegangen, weinend. Später hat er Dir jede Woche einen Brief nach Berlin geschrieben und von meiner Entwicklung berichtet. Ich habe keinen gelesen. Sie sind alle verbrannt.

Was sagte der alte Sozialdemokrat, als Vater in die NSDAP eintrat und dadurch Arbeit bekam? Hast Du diese politische Entscheidung, die auch mein Leben belastet, mitgetroffen? Hattest Du überhaupt eine Vorstellung von den Zielen dieser Partei? Sahst Du, jung und unbekümmert, lediglich den geliebten Mann, dem sich hier ein Weg zur Karriere auftat, und die Chance, endlich zu Deinem Kind zu kommen?

Eine eigene Wohnung wurde möglich, mit Bad und Balkon. Ich sehe Dich an der Nähmaschine Gardinen nähen ... Eine Reise in die bayerischen Berge ... Schneeballschlacht unter sonnigem Himmel ...

Ahntest Du, wie hoch der Preis war? Wie

wäre Vaters Weg verlaufen, wenn Du am Leben geblieben wärest?

Es gibt niemanden mehr, der mir auf diese Fragen antworten kann. Mit Vater war ein Gespräch darüber nie möglich. Er ging augenblicklich in Verteidigungsstellung. Der Graben war zu tief. Hättest Du früher als er den Mut und die Möglichkeit gefunden, das Schlimme zu erkennen? Hättest Du verstanden, wie schwierig und spannungsreich es für Kinder ist, Eltern, die man liebt, in Schuld verstrickt zu sehen, immer zwischen Verteidigung und Scham?

Wie bist Du gestorben, siebenundzwanzigjährig, nach sechs Monaten Klinik? Wie bist Du da der Dunkelheit begegnet? Zehn Tage vor Deinem Tod, es war Ende November, verkündete Vater: »Sie sagt, den Adventskranz hänge sie selber auf.« Noch heute höre ich den beschwörenden Tonfall. Ich sollte es glauben, er wollte es auch. Hast Du das Schwere allein abmachen müssen? Zum Großvater sollst Du gesagt haben: »Ihr nehmt die Kleine zu euch, nicht wahr?«

Ich gehe den Weg zu Deinem Grab. Nach Jahrzehnten finde ich ihn noch wie im Schlaf. Das zweite Feld bei den Tannen, dann rechts, ich kenne den Platz.

Was ist das? Ich bleibe stehen. Der Stein mit Deinem Namen ist fort. Ein anderer steht auf der Stelle, ein fremder Name. Blumen drängen aus der Erde. Ein sonderbares Gefühl überkommt mich.

Eine Tür ist zugefallen. Ich stehe davor mit meinen Fragen und meiner Sehnsucht.

Deine Konturen bleiben verschwommen, aber ich kann nicht aufhören, die Spuren Deines Lebens zu suchen, zu fragen, mit Dir zu reden.

»Dann aber werde ich erkennen, so wie ich erkannt bin ...« Gilt das auch für uns? Liebe Mutter.

Liebesbrief an eine Gemeinde

Daß ich diesen Brief auf Papier und nicht nur in Gedanken schreibe, verdanke ich dem Chirurgen. Er hat Ruhe für mein geschwollenes Knie verordnet. Die Pause tut mir gut. Ich sitze auf dem Balkon. Eine Amsel kommt zu Besuch. Der Apfelbaum blüht. Ich atme die Düfte. Gedanken, Gefühle, Erinnerungen wehen durcheinander.

Katja fällt mir ein, Katja aus dem Kinderkreis. Neulich entdeckte sie, daß ich über den Trauring einen zweiten Ring geschoben habe. Es ist der Verlobungsring meiner Urgroßmutter, ein breiter goldener Reif mit einem Diamantkreuz in der Mitte. Wie weise waren die Alten! Sie setzten das Kreuz schon zu Beginn über das Bündnis zweier Menschen. Katja also nahm meinen Finger und fragte, ob ich denn zweimal verheiratet sei. »Nein«, sagte ich. Aber jetzt denke ich, daß es beinahe stimmt. Es erscheint mir hintergründig, daß wir an einem unserer Hochzeitstage ins Gemeindehaus eingezogen sind.

Ich werde ganz hilflos vor Dankbarkeit und Zuneigung und Staunen, wenn ich an den Vertrauensvorschuß denke, mit dem Sie uns damals empfangen haben. Wir waren jung, wir kamen mit unseren sechs Kindern aus einem »weltlichen« Beruf. In nichts entsprachen wir unseren getreuen Vorgängern. Ich wußte nicht, wie eine Pfarrfrau zu sein hat. Ich war ich: mit Lippenstift, sommers ohne Strümpfe im Gottesdienst, mit roten Schuhen beim Abendmahl, damals alles noch für die Frau eines Pfarrers höchst anstößig. War es für Sie ein Schock, wenn ich in Jeans einkaufen ging oder im Bikini Erdbeeren hackte? Wie auch immer – für mich sind Sie die weiseste Gemeinde der Welt. Sie haben mir zugetraut, daß ich auf meine Art und nach meinen Gaben für die Sache des »größten Königs« arbeiten will. Ständige Teilnahme an allen Veranstaltungen erwarteten Sie nicht. Sie sahen die Mühen im Garten, die Blumensträuße auf dem Altar, die Arbeit mit den Kindern, die Gespräche, die Leseabende. Durch Ihre Güte ist meine Freude gewachsen. Ihr Dank hat mich oft beschämt; denn ich weiß ja, wie viele Geburtstage ich vergessen, wie viele Besuche ich nicht gemacht habe, wie oft mein Mund schneller gewesen ist als mein Nachdenken.

Unsere Kinder sind in diesem Hause herangewachsen. Sie sind fortgegangen. So oder so. Leer ist es weder in unserem Hause noch in unseren Herzen geworden. Die Christvesper fällt mir ein. Ich sitze in drangvoller Enge auf der Fußbank neben dem Weihnachtsbaum. Der kleine Philipp zwängt sich durch die Reihen. Seine Mutter hat die jüngere Schwester auf den Knien. Da krabbelt er auf meinen Schoß, lehnt den Kopf an meine Schulter. Wie wunderbar ist das, denke ich, seit zwanzig Jahren sitze ich an der gleichen Stelle am Heiligen Abend, und immer hab' ich ein Kind im Arm. Familia dei! Wie sie da sitzen in den Reihen, fast alle kenne ich mit Namen. Wieviel gemeinsam gelebtes Leben: Freuden, Enttäuschungen, Kummer. Für viele habe ich gebetet. Und Sie für uns.

Ich habe es nicht vergessen: Als unsere Tochter starb, stand ein Teller auf der Treppe: Weintrauben, Honig, ein Trostgedicht auf abgegriffener Karte.

Nicht alle eigenen Kinder gedachten unserer Silberhochzeit; aber jemand aus Ihrer Mitte legte Rosen vor die Tür und zwei wunderschöne alte Gläser.

Es bewegt mein Herz, wenn am Geburtstag eines Sohnes mir jemand vor dem Gottesdienst sagt: »Ich habe heute schon an Johannes gedacht.« Kann ein Kind verlorengehen, wenn die Gemeinde es nicht losläßt? Und unsere Jüngste, in diesem Hause geboren, wußte, als sie zitternd zum Examen fuhr, daß außer den Eltern noch zwei von Ihnen das Sprungtuch halten, in das sie sich fallen lassen kann.

Wenn ich die Orgel sehe, denke ich an den Flohmarkt. Er sollte der Start sein, um das Instrument zu bezahlen. Er war mehr als das. Betroffen und gerührt standen wir vor den Kostbarkeiten, die Sie brachten: die böhmischen Gläser, der Zinnteller, der venezianische Leuchter, die Elfenbeinkette, Kaiser Wilhelms Regenschirm, die Henneberger Tassen, Großmutters Unterrock, die Handarbeiten und die vielen Kuchen und Torten.

Aber wenn ich die Orgel höre, wird alles ganz anders, die Einzelheiten verschwimmen, Schones und Ärgerliches, auch das gab es ja, geht unter wie die Tropfen in einem Meer. Wir sind beieinander. Wir singen. Jeder hat seine Stimme, und es ist doch ein Choral. Die Fortgegangenen sind dabei und die Künftigen. Jeder von uns hat andere Ängste, andere Hoffnungen, und doch ist es der gleiche Vater, dem alles Singen und Beten gilt. Da hinein lasse ich mich fallen, wenn ich verzagt und traurig bin. Ihm gilt auch aller Dank dafür, daß er mich gepackt hat, daß ich diese »Ehe« mit Ihnen kennengelernt habe. Ich kann mir keinen angemesseneren Platz für meine Selbstverwirklichung vorstellen.

Ich weiß, daß alles seine Zeit hat. Auch unser Miteinander wird enden. Je näher der Punkt rückt, um so intensiver freue ich mich an der Verbundenheit durch IHN mit Ihnen!

Sehr verehrter, lieber Herr Doktor Luther!

Ich gebe zu, daß es verrückt ist, einen solchen Brief zu schreiben. Ich kann ihn nicht adressieren. Aber muß er darum verlorengehen? Mein Gesichtskreis ist begrenzt. Was weiß ich schon? Vielleicht haben Sie auf eine mir verborgene Weise doch teil an den Ereignissen dieser Welt. Daß wir uns nicht falsch verstehen: Dieser Brief ist kein Ereignis.

Ein Ereignis war möglicherweise das Jahr 1983: Kirchentage, Vorträge, Ausstellungen, Bücher, Filme, alles zu Ihrem Gedenken. Ja, sogar die Souvenirläden und Intershops boten Lutherbildnisse an.

Ich mußte in diesen Monaten oft an ein Drehbuch von Jean-Paul Sartre denken. Er zeigt darin Verstorbene, die, von Lebenden ungesehen, deren Tun und Lassen, Reden, Lügen und Lieben beobachten. Manchmal sind die Toten zufrieden und gerührt, manchmal in Sorge; mitunter sind sie zornig und empört und möchten sich einmischen. Aber da ist die Grenze der Dimension. Sie sprechen auf einer anderen Frequenz. Kein Lebender hört sie. Das macht sie allmählich gleichgültig.

Ein Temperament wie das Ihre wird gewiß in fünfhundert Jahren noch nicht in Gleichgültigkeit versunken sein. Was sind auch schon fünfhundert Jahre in Gottes Kalender! Ich sah Sie jedenfalls im Lutherjahr umhergehen. Sie mischten sich unter die Kirchentagsgemeinde, saßen am Bildschirm, standen an der Tafel bei Empfängen. Brennend gern hätte ich Ihre Kommentare gehört!

Als geistlicher Normalverbraucher muß ich sagen, es hat mir gut gefallen, daß sich die Christen weithin bemüht haben, mehr Ihre Sache, oder besser die Sache Ihres Herrn, in den Mittelpunkt zu stellen als Ihre Person. Daß Ihr

Jubeljahr auch noch frische Farben und nötige Reparaturen an Kirchen und Fassaden einbrachte, ist ein schönes Überdrauf.

Ich wünsche, daß, nachdem die Feiern vorüber sind, dem und jenem ein Quentchen Lust verblieben ist, Ihren Spuren zu folgen. Ich finde, es lohnt sich.

Einige Jahre vor Ihrer »Renovierung« habe ich, einer spontanen Anwandlung folgend, einen Strohblumenstrauß an Ihre Grabplatte gelegt. Tags darauf war er verschwunden. Offenbar hatte der ordnungsliebende Küster das unübliche Zeichen entfernt. Ich bin nicht gekränkt. Für mich war damals die Geste wichtig. Ich brauchte eine sinnenhafte Ausdrucksform für die Bewegung meines Gemüts.

Was aber, so werden Sie fragen, hatte denn mein Gemüt derart bewegt, daß ich auf den Markt ging, Blumen kaufte und mit diesen Blumen Ihre Grabplatte schmückte, daß ich mich heute hinsetze und einen Brief nach Nirgendwo schreibe?

Ein Traum. Ich pflege sehr viel, sehr intensiv und sehr plastisch zu träumen, übrigens in Farbe. Der Traum war so:

Ich bin in einem Haus mit vielen Räumen. Ein Fest wird gefeiert. Ich schlendere umher, fühle mich wohl und sehe durch offene Türen. Kasperletheater, Reigentänze, Bastelstube, Kaffeetafeln. Im Flur, in einer Nische, entdecke ich mein grünes Sofa. Eine Dame sitzt dort, die ich kenne. Ich mag sie nicht besonders leiden; aber weil sie so allein ist, setze ich mich zu ihr. »Meinen Sie, daß man auf diese Weise Gemeinde baut?« fragt sie spitz und deutet auf das fröhliche Gewimmel. Darauf ich: »Ich glaube, daß ich nicht aus eigener Vernunft noch Kraft an Jesus Christus, meinen Herrn, glauben oder zu ihm kommen kann; sondern der Heilige Geist hat mich durch das Evangelium berufen, mit seinen Gaben erleuchtet...« Ich stocke. Der Text ist abgerissen.

Der Traum war zu Ende. Ich lag still auf dem Rücken und suchte nach dem Fortgang des Satzes. Vergeblich. Mir fiel nicht mehr ein als das, was ich im Traum zitiert hatte. Woher kannte ich es? Natürlich, es war die von Ihnen verfaßte Erklärung zum dritten Artikel des Glaubensbekenntnisses. Ich hätte jetzt aufstehen, mein Gesangbuch hervorsuchen und nachschlagen wollen. Aber mein Mann hat einen leichten Schlaf, und unsere Dielen knarren. Ich mochte ihn nicht stören. Mehrmals und ganz langsam wiederholte ich mir den Satz, immer in der Hoffnung, die Fortsetzung zu finden. Während ich das tat, fiel er Wort für Wort in mich hinein.

»Nicht aus eigener Vernunft noch Kraft...« Ach, du liebe Zeit! War die Skepsis der unsympathischen Dame am Ende berechtigt? Ist es denn nicht richtig, daß wir uns um attraktive Veranstaltungen, um gescheite Einfälle bemühen? Wir möchten doch, daß die Gemeinde blüht, daß Menschen sich wohlfühlen in einem Klima der Offenheit, daß sie Vertrauen fassen, daß sie verstehen, worum es in der Kirche geht. Ihr halber Satz, Herr Doktor, machte mich mit einem Mal unsicher. Ich hatte ihn selber zitiert. Sprach ich im Traum gegen mein eigenes Verhalten? Das war sonderbar. Sollte ich darin einen Rückpfiff zur Vorsicht, zur Bescheidenheit vernehmen? Sie würden wohl sagen: zur Demut.

Haben wir, mein Mann und ich, bevor wir etwas Neues anfingen, immer um diese sonderbare Kraft gebeten, die man den Heiligen Geist nennt? Und wenn uns etwas gelungen ist, wenn wir über einen Erfolg stolz und glücklich waren, wie haben wir uns verhalten? Haben wir uns bei der unsichtbaren Instanz bedankt? Offen gesagt, nur manchmal. Im Grunde unseres Herzens empfanden wir uns als famose, einfallsreiche Leute, gescheit und kundig genug, ihre hervorragenden Ideen an die Leute zu bringen, während andere langweilig im gewohnten Trott gingen. Nun ja –. »Mit unsrer Macht ist nichts getan . . .« Das mag sich gut singen, aber für das eigene Wertgefühl schluckt es sich ganz schön schwer.

Zu meiner Verwunderung aber hat mich der Satz nicht nur klein gemacht. Er hat mich gleichzeitig getröstet. Ich dachte an jemanden, den ich sehr gern habe. Wir verstehen uns gut, können stundenlang, nächtelang miteinander reden; aber ganz tief unten, im Letzten, und das ist bei mir das Vertrauen auf Jesus Christus, da sind wir auf verschiedenen Dampfern. Jedesmal, wenn wir, und sei es auch nur mit einer Bemerkung, diesen Punkt berühren, tut es weh. Ich bin oft traurig darüber und ratlos und wüßte gern, ob ich zuviel oder zuwenig oder etwas Ungeschicktes gesagt habe. In dieser Nacht begriff ich, daß es gar nicht auf mein Geschick oder meine Redekunst ankommt, sondern zunächst auf mein Gebet. Das tat gut. Danke, Herr Doktor!

In diese Gedanken und Gefühle, die sich in dem Schwebezustand zwischen Wachen und Träumen ordneten und wieder verwirrten, mischte sich noch etwas anderes hinein: Staunen, Verwunderung darüber, daß es mir überhaupt möglich war, diesen Satz, wenn auch nur unvollständig aber doch immerhin, im Traum zu zitieren. Wann hatte ich ihn zuletzt gelesen? Ich wußte es nicht. War in letzter Zeit irgendwo darüber gesprochen worden? Ich glaube kaum. Ich wußte nur, daß ich diesen Text vor mehr als fünfunddreißig Jahren einmal hatte lernen müssen. Ich sage »müssen«; denn ich erinnere mich deutlich, wie lustlos und widerstrebend ich es getan habe. Wir Konfirmanden haben viel Unfug dabei getrieben. Offenbar war er aber doch in verborgene Schichten meines Gedächtnisses eingesunken. Da hatte er gelegen, bis er, Jahrzehnte später, in einem Traum emporstieg.

Ich lag im Dunkel »und bewegte alle diese Worte in meinem Herzen«. Gestatten Sie, daß ich diesen wundervollen Satz von Ihnen verwende. Es ist eine Metapher, die mich begeistert. Wenn ich etwas bewege, kann ich es von verschiedenen Seiten in wechselndem Licht erkennen. *Ich* bewege es, das heißt mein Wille ist beteiligt, und da es sich um Worte handelt, die einer erlernbaren Sprache angehören, ist auch mein Verstand dabei. Aber ich bewege sie nicht im Kopf, sondern in meinem Herzen, im Zentrum meiner ganz persönlichen, unaustauschbaren Existenz, da, wo sich Dinge abspielen, die Verstand und Wille nicht steuern können. Worte im Herzen bewegen, das ist für mich etwas anderes als »sie sich genau merken und immer wieder darüber nachdenken«. Es tat mir leid um Ihre blühende Sprache, als ich den Satz so verändert in der »Guten Nachricht« fand.

Ein anderer Satz kommt mir in den Sinn: »Meine Seele ist betrübt bis an den Tod.« Es gibt eine Zeit in meinem Leben, über der dieser Satz steht. Mein Innerstes, meine Seele, war trübe geworden. Da ist beides benannt: die Sichtbehinderung von außen her und die Verworrenheit, die aus mir selber kommt. Alles ist unklar, verhangen, trüb wie verdorbenes Wasser. »Bis an den Tod«. Die Trauer geht bis an die Grenze des Ertragbaren. In dem Wort »Tod« ist seltsamerweise Angst und Sehnsucht zugleich enthalten. Diesen Satz kann ich für mich nicht austauschen durch die Worte »Auf mir liegt eine Last, die mich fast erdrückt«. Das meint mich nicht. Das ist zu flach.

Aber ich schweife ab. Ihre Sprache hat mich wieder einmal hingerissen. Zurück zu jener Nacht, in der ich Ihre Worte in meinem Herzen bewegte. So war es wirklich. Ich wendete sie hin und her. Bilder entstanden, Bewegungen, Szenen. »Kommen ... rufen ... berufen ... erleuchten ... leuchten ...« Es erschien mir wie Magie. Da ist ein Katechismustext, Dogmatik, eine theologische, wissenschaftliche Aussage – und doch ist es der Satz eines Dichters, ein Satz voller Melodie und Bildkraft.

Herr Doktor, offenbar haben Sie Gott wirklich über alle Dinge geliebt und vertraut. Sie waren ein Dichter, aber Sie haben Ihre gestalterische Kraft, den Glanz Ihrer Sprache, Ihre Liebe und Leidenschaft, alles das, was heute Künstler zu ihrer Selbstverwirklichung brauchen, in seinen Dienst gestellt.

Was schreibe ich da? Sie haben? Ihre Kraft? Habe ich's denn immer noch nicht begriffen?! Ach, Herr Doktor, irgendwo muß ich hin mit meiner Bewunderung und meinem Dank. Ich kann doch dem Heiligen Geist keine Blumen schicken.

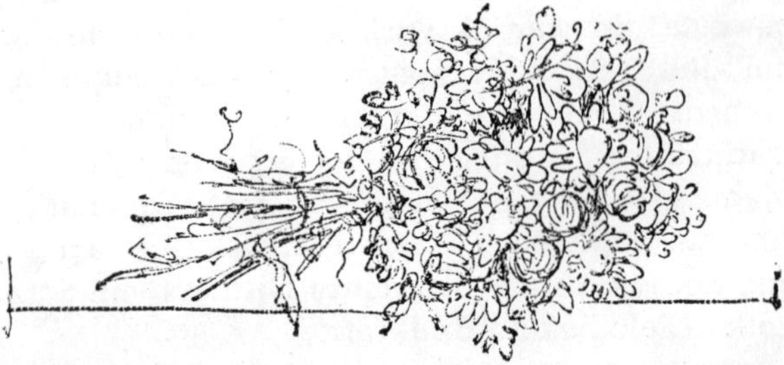

Liebe Frau K.!

Sie fragen, wie wir den Abschied bewältigt haben, wie wir mit der kleineren Wohnung in der Neubaustadt Lobeda zurechtkommen. Ich spüre zwischen Ihren Zeilen Mitgefühl. Wenn Sie als Antwort auch kein Klagelied von uns erwarten, so doch aber sicher ein mehr oder weniger einsichtiges Sichbescheiden, ein bißchen Heimweh und Sehnsucht und resigniertes Seufzen nach dem Gestern. Es ist anders.

Gewiß, der Abschied war schwer. Ich erinnere mich noch gut, wie vollmundig ich bei unserer letzten Begegnung getönt habe: Es wäre gewollt und geplant, daß mein Mann mit fünfundsechzig Jahren in den Ruhestand ginge. Das Pfarrhaus sei ohnehin zu groß für uns zwei, nachdem die Kinder alle ihre eigenen Familien haben. Die Arbeit im weitläufigen Garten würde zuviel, zweimal im Jahr handele ich mir dabei ein geschwollenes Knie ein. Man solle gehen, solange man noch ordentlich die Arbeit übergeben könne, solange die Leute noch »schade« sagten. Schrecklich sei es, wenn die Gemeinde erst »Mach End, o Herr, mach Ende« seufze, weil der alte Herr nicht den Absprung findet. Dann sei auch keine Kraft für einen echten Neuanfang mehr da. Ich hatte viele vernünftige Gründe. Sie redeten von Trauer, die zu bewältigen sei. Ich wollte es nicht wahrhaben. Trauer sei ein zu großes Wort.

Und dann kam's so massiv, so schlimm, wie ich es nicht erwartet hatte. Man kennt sich offenbar auch nach fünfzig Jahren noch nicht gut genug. Lag es an dem besonders zauberhaften Frühling? Der Garten blühte, als wolle er mir noch einmal alle seine Wunder zeigen. Die Krokusse, gelb und blau und weiß, hatten sich unerwartet reich vermehrt. Die Scilla guckten aus allen Ecken hervor. Die Forsythienhecke, die ich als dünne Reiser pflanzte, leuchtete wie eine goldene Mauer. Morgens, in aller Frühe, ging ich im Bademantel hinaus. Amseln trippelten über den taufeuchten Rasen, zahm wie alte Bekannte. Sie flogen nicht auf, wenn ich näherkam. Sie hoben höchstens ein wenig distinguiert den Schnabel. Die Primeln taten sich auf: rot, rosa, gelb, weiß, blau, einzeln verstreut in der Wiese, als dicke Polster unter den Sträuchern. Und dann waren die Tulpen da, an die hundert, rot und straff. Ich kniete mich hin und legte mein Gesicht an ihre kühlen Kelche. Jeden Morgen entdeckte ich etwas Neues. Und immer der Gedanke: zum letzten Mal! Es war wie Sterben. Ich umarmte den dicken Birnbaum, spürte die Rinde und heulte. Ich konnte mir nicht vorstellen, wie ich in der Wabe eines Betonhochhauses leben sollte ohne die Meisen, Kleiber und Dompfaffen am Küchenfenster, ohne das Glucksen der Dachrinne in der Nacht, den Holunderduft im Juni, ohne feuchte, warme Erde zwischen den Fingern. Ich hatte Angst vor der Zukunft.

Das schlimme war, daß fast alle, mit denen ich über den Umzug sprach, meine Angst bestätigten. Die Betonstadt, das war etwas, wo man hinzog oder hängenblieb, wenn sich wirklich gar nichts Besseres – manche sagten »Humaneres« – fand. Man sah uns mitleidig und besorgt an. Problembewußte Leute benannten die Gefahren: Isolation, Anonymität, Neurose.

In diese Zeit fiel unser dreißigster Hochzeitstag. An einem Hochzeitstag vor zweiundzwanzig Jahren waren wir ins Gemeindehaus eingezogen. Doppeltes Gedenken also, aber weder Lust noch Zeit zu feiern. Mein Mann bat unsern Freund Peter um eine kurze Andacht. Wir saßen vor dem Altar, zwei befreundete Ehepaare waren dabei. Unverlierbar für mich der Satz: »Wo ihr auch hingeht, Gott ist schon vor euch da. Auch in Lobeda. Er ist schon dort und wartet.«

Es gibt Wahrheiten, die man weiß, aber sie liegen wie hinter Glas. Man nimmt sie nicht für sich in Gebrauch. Es muß jemand kommen, der sie aus der Vitrine nimmt, der sie einem in die Hand gibt: »Hier, das ist für dich!«

Es war kein Zauberspruch, der meinen Kummer von einer Minute zur anderen verwandelt hätte, aber doch etwas, woran ich mich festhalten konnte. Eine Zäsur. Gott wartet auf Euch in Lobeda! Wenn das so ist, dann darf ich mich nicht so in den Abschiedsschmerz hineinfallen lassen. Ich sollte mich kräftig schneuzen und nach vorn gucken. Getrübte Augen sehen schlecht.

Gott wartet in Lobeda? Er stand nicht mit einem Rosenstrauß an der Bushaltestelle, und die Beklemmung nahm er uns auch nicht ab, die sich jedesmal einstellte, wenn wir vor dem elfgeschossigen Betonklotz standen, an dessen riesiger Front wir nur mit Mühe unsere Fenster ausmachen konnten. Aber als wir zum ersten Male vom Balkon aus den Mond über das Saaletal ziehen sahen, den weiten Himmel mit den vielen Sternen, die hier am Stadtrand außerhalb der Dunstglocke viel heller leuchten, vor uns die Lichter der Autobahn weiß und rot vorüberglitten, dahinter dann als schwache Silhouette die bewaldeten Höhen, sogar die Leuchtenburg noch sichtbar, – als wir da standen, da waren wir sehr dankbar. Noch von keiner Wohnung aus sahen wir einen so großen Himmel »vom Auf-

gang der Sonne bis zu ihrem Niedergang . . .«
Freilich ist es eine Sondergabe aus Gottes Wunderkiste, daß wir ganz am Rande der Neubaustadt wohnen und diesen zauberhaften Blick haben.

Nach dem ersten Danke freundeten wir uns Schrittchen für Schrittchen mit dem neuen Lebenskreis an, manchmal ging es auch zwei Schritte vorwärts, einen zurück. Von der Hügelkette jenseits der Roda, von Sulza aus, sieht es gespenstisch aus, wie der graue Koloß dort im Tale liegt und aus tausend Fensteraugen vor sich hin glotzt. Aber wenn man näher kommt, entdeckt man zwischen seinen Segmenten überraschend viel Grün: Rosenrabatten, Spielplätze, Buschwerk und Rasenflächen. Nicht jeder geht sorgfältig damit um. Vieles wird zertreten und mutwillig zerstört. Nicht nur von Kindern.

Die Kinder! Von den Kindern unseres Hauses erfuhren wir die ersten Freundlichkeiten. Sie grüßten gutgelaunt, hielten uns die Haustüre auf, fragten nach unserem Namen.

Vor der Anonymität hatte ich keine Angst. Ich bin nicht menschenscheu. Was an mir läge, wollte ich dagegen tun. Aber wie?

Bei den Bewohnern über uns, unter uns und gegenüber klingelte ich und stellte mich vor. Aber das waren nur drei von vierundvierzig

Familien! Wie halte ich's mit den anderen? Wo sieht man sich überhaupt? Morgens zwischen fünf und acht Uhr verlassen fast alle das Haus und kehren erst am Abend zurück. Man trifft sich bestenfalls im Fahrstuhl. Also sagte ich jedem, dem ich im Fahrstuhl begegnete, mein Sprüchlein auf: »Ich heiße D. M., wohne seit September im fünften Stock. Und wer sind Sie?« Das hatte ich mir hübsch ausgedacht, und manchmal klappte es auch. Aber durchaus nicht immer. Einige hörten mich an und sagten dann: »Wir wollen nur einen Besuch in diesem Hause machen.« Einen jungen Mann habe ich offensichtlich in Verlegenheit gebracht. Er war in Pantoffeln und Unterhemd – T-shirt würden meine modebewußten Kinder sagen – und hatte einen Mülleimer in der Hand. Er sah an mir vorbei, als er sagte: »Ich wohne nicht hier. Ich... helfe nur einer Dame.« Später sah ich ihn mit dieser blonden Dame im Auto davonfahren.

Vierundvierzig Wohnungen, verwirrend viele Gesichter. Das Ende meiner Vorstellaktion begab sich, als mir ein Mann lächelnd auf die Schulter klopfte: »Gute Frau, ich heiße Heinrich. Sie haben sich schon einmal vorgestellt.« Nein, als »die mit dem Vorstelltick« mochte ich doch nicht bekannt werden.

Die Kontakte kamen für mich ganz überraschend, gewissermaßen durch die Hintertür. Ich wollte nicht nur mit Menschen leben, sondern auch mit Pflanzen. Mir scheint, ich bin erst dort zu Hause, wo ich mit meinen Händen in Erde wühlen kann. Erde gibt es auch in Lobeda. Vor dem Haus eine Rasenfläche mit kleinen Nadelgehölzen und einem Essigbaum; hinter dem Hause zwischen Wäscheplätzen ein Stück Land, auf dem verwilderte, halb ausgefrorene Büsche standen.

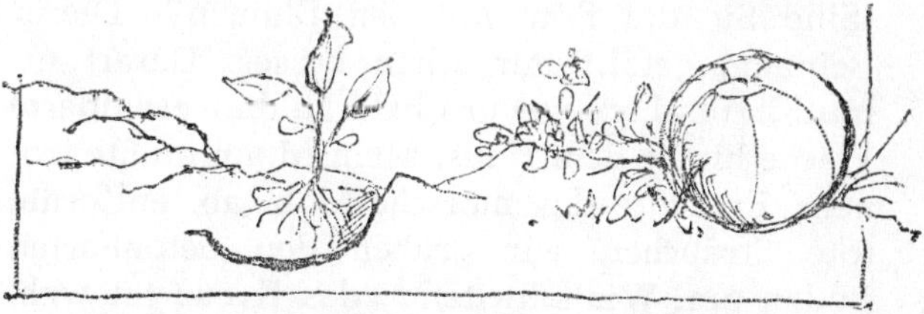

Meinen Spaten hatte ich mitgebracht. An einem Herbstmorgen grub ich vor dem Haus einen schmalen Streifen des Rasens um, karrte mit dem Marktroller Staudenableger aus unserem Pfarrgarten herbei und begann zu pflanzen. Ein Fenster ging auf: »Na, Sie sind ja optimistisch! Die Kinder werden alles zertreten.« Schulkinder kamen aus dem Haus, guckten: »Was machen denn Sie?« Sie hockten sich neben mich, und ich erklärte ihnen, daß aus dieser Knolle eine Lilie, aus jener Zwiebel ein Krokus und aus den unscheinbaren Wurzelpaketchen, die noch umherlagen, im nächsten Frühjahr Primeln und Glockenblumen herauswachsen würden. Ich bat sie um ihre Mithilfe, sie sollten achtgeben, daß niemand auf die jungen Pflanzen trete. Zehn Tage später rannte mir ein kleines Mädchen auf der Straße entgegen: »Wir passen jeden Tag auf Ihre Blumen auf!« Ich kann Ihnen kaum beschreiben, wie gut mir das tat.

Am Briefkasten begrüßt mich eine Frau: »Sind Sie die Frau mit den Blumen?« Dieser Beiname gefällt mir schon besser. Derart ermutigt, machten wir uns bald an die verwilderte Fläche hinter dem Haus. Mein Mann mußte fronen: Er sägte das morsche Holz ab, entfernte tote Sträucher, wir gruben den betonharten Boden um. Wir schwitzten, das Kreuz tat weh, aber es machte Spaß. Ein schrumpliges Gesicht guckt über einen Balkon im ersten Stock: »Du meine Güte! Sie machen sich ja tot!« Wir lachen. »Und wer bezahlt Ihnen das?« Wir zucken die Schultern: »Der liebe Gott!« Das Gesicht verschwindet. Die Balkontür knallt zu. Kurz danach bringt mir diese Frau Schneeheide: »Das können Sie einpflanzen.« Aus dem siebenten Stock winkt eine Hand herunter zu uns. Wenig später erscheint ein rundlicher Mann: »Ich habe Kästen mit Stauden auf meinem Balkon: Herbstastern,

Phlox, Rudbekia. Möchten Sie Ableger haben?« Ich möchte. Inzwischen gießt mein Blumenfreund in unserem Urlaub auch die Pflanzen auf unserem Balkon und ich als Dank die seinen. Das alte Ehepaar S. aus dem Parterre bringt einen Fliederstrauch. Er stammt aus dem Garten des Sohnes. Nun soll er vor ihrem Balkon wachsen und blühen.

Und es blüht. Noch ein bißchen schwächlich zwar, denn der Boden ist schlecht, aber im Frühjahr sind sie doch alle da: die Tulpen, die Krokusse, die Primeln und der Goldlack. Es wird kaum etwas zertreten oder abgerissen. Daß ich hin und wieder verfaulte Tomaten, Äpfel und Kartoffeln, Flaschenkorken, Plastetüten oder stinkende Wurst- und Käsereste absammeln muß, die merkwürdige Zeitgenossen aus dem Fenster werfen, muß ich, um kein Idealbild zu malen, vermerken. Dieser Ärger ist klein im Vergleich zu dem Gewinn, den das Stück blühende Erde für mein Gemüt bedeutet.

»Sieht einwandfrei aus. Ehrlich mal!« sagt der vierzehnjährige Radsportler zu mir, als wir uns im Fahrstuhl treffen.

Das Ehepaar R., das viel auf dem Balkon sitzt, sorgt dafür, daß die Jungen ihr Fußballspiel auf einem entfernteren Teil der Wiese in gebührlichem Abstand zu »unserem« Gärtchen austragen, damit der Ball die Pflanzen nicht knickt.

Liebe Frau K., wer in unserer früheren Straße hätte sich je um meinen Garten gesorgt? Vierundvierzig Familien, Haus bei Haus angesiedelt, das macht eine lange Straßenzeile aus. Kennt man da alle? Begegnet man sich freundlich? Mitunter scheint mir sogar, daß der Klatsch auf breitwürfigen Ansiedlungen besser gedeiht.

Nun habe ich fast nur vom Haus und den Blumen erzählt, kein Wort von den Menschen der Gemeinde. Sie wissen, wie sehr mein Herz an der alten Stelle vor Anker gegangen war. Auch das bedeutete Abschied und Tränen und tastenden Neubeginn, aber dies wäre noch einmal ein Brief für sich.

Lieber Tobias!

Wie gut, daß es Bahnhöfe gibt. Da begegnet man Menschen, die man sonst monatelang nicht sieht. Ich wartete auf meine Tante. Der Zug fuhr ein, er hielt; Menschen, Taschen und Koffer quollen heraus. Meine Augen suchten die Tante. Plötzlich stand Eure Familie schwitzend und braungebrannt vor mir. Wie Du gewachsen bist! Zum Erzählen fehlte die Zeit. Außerdem warst

Du so um den sicheren Transport Deiner Schilfkolben besorgt, daß Du mich kaum wahrgenommen hast. Ob es sonst anders gewesen wäre? Ich weiß nicht. Für Dich bin ich eins von den zahlreichen mehr oder weniger betagten Frauenzimmern, die Dir in den Kleinkinderjahren etwas beizubringen suchten: Flöten, Turnen, Singen, Basteln, Märchenspiel. Ob Du Dich erinnerst an die Nachmittage im Gemeindehaus?

Ich denke oft an Dich. Du bist in einer bestimmten Zeit meines Lebens für mich eine ungemein wichtige Person gewesen. Ich habe durch Dich eine Menge gelernt. Das klingt sonderbar. Was soll eine Mittvierzigerin von einem Jungen lernen, der vier, fünf Jahre alt ist? Ich will Dich nicht zum Wunderkind hochstilisieren. Ich kenne Deine Wildheit, Deinen schwach entwickelten Ordnungssinn, auch Deinen Geltungsdrang. Mitunter hattest Du fürchterliche Laune und konntest ausgesprochen ruppig sein. Aber das gehört in einen anderen Bereich.

Laß mich erzählen. Du weißt, mein Mann war Pfarrer in einem Gemeindehaus, oben die Wohnung, unten die Veranstaltungsräume, ringsum der große Garten. Eines Tages verließ uns die Katechetin. Halb im Ernst, halb im Scherz sagte der Bischof: »Ich könnte Ihnen eher einen Oberkirchenrat als eine Katechetin beschaffen.« Was sollte werden? Ungefähr hundert Kinder kamen jede Woche ins Haus zum Unterricht. Also teilten wir uns die Arbeit. Mein Mann übernahm die Großen, ich wollte es mit den Kleinen versuchen. Ich wollte ...? Das schreibt sich heute so leicht hin. Damals hat es mich oft um den Schlaf gebracht. Ich bin weder Pädagoge noch Theologe. Mein Betriebskapital war, daß ich mit Kindern einigermaßen umzugehen verstand, weil ich selber ein gutes halbes Dutzend großgezogen habe. Die Geschichten der Bibel begeisterten mich, und ich konnte erzählen. Offenbar sah der »Große Chef« daß ich für seine Sache rackern wollte, und so hat er Dich als »Hilfsassistenten« in den Vorschulkinderkreis geschickt. »Jeder kann für jeden jederzeit ein Engel sein.« Es scheint zu stimmen. Oft merkt man es nur nicht gleich.

Ich habe es nicht gemerkt, als Deine Mutter Dich zu mir brachte. Mager, klein, blond und blaß saßest Du im Kreis mit fünfzehn anderen Kindern. Beim Singen warst Du gern albern, bei Kreisspielen besonders wild, ein Kind wie die andern auch. Aber beim Erzählen fielst Du mir auf.

Jetzt, wo ich an diese Zeit denke, ist alles wieder deutlich und nahe. Wir sitzen im Kreis. Die große Bibel mit den vielen Bildern und dem

Goldschnitt liegt auf meinem Schoß. Ihr sollt sie vor Augen haben, sollt wissen, daß ich Euch daraus Geschichten erzähle. Aber ich sehe nicht hinein; ich sehe Euch an. Ich will spüren, ob meine Worte bei Euch ankommen. Und da entdecke ich Dich: nach vorn geneigt, gerunzelte Brauen, sehr helle, ernsthafte Augen. Ich sehe, wie es hinter der Stirn arbeitet. Du saugst die Worte in Dich hinein. Der Gang der Geschichte spiegelt sich auf Deinem Gesicht.

Ich erzähle von Mose: ein Kind, das sterben soll, die Mutter voller Liebe und Angst. In Deinen Augen erscheinen Tränen.

Die Tochter des Pharao findet das Körbchen im Nil. Du legst Dich zurück, ein Lächeln, ein Seufzer der Erleichterung.

Ich erzähle und erzählte in Dein Gesicht hinein.

Später, allein, bin ich glücklich, weil mir etwas gelungen ist. Aber ich habe noch etwas anderes an mir entdeckt, was mich erschrecken läßt. Ich habe erfahren, daß ich mit meinen Worten Dein Inneres bewegen kann. Ich kann Dich weinen und lachen lassen. In diesen Momenten bist Du in meiner Macht. Du bist verführbar durch Worte. Diesmal waren es Worte der Bibel, die es gut mit den Menschen meinen. Gib acht, Tobias! Es gibt Worte, die wundervoll klingen, das Herz betören, den Geist faszinieren, das eigene Verlangen bestätigen, und es gibt Menschen, die verführerische Worte für fragwürdige Ziele einsetzen. Wenn ich an Dich denke, überkommt mich Sorge vor dieser Gefährdung.

Du warst nicht nur Stimulans. Wenn es zur Art eines guten Lehrers gehört, Denkanstöße zu geben, den Schüler seine Fehler selbst finden zu lassen, dann bist du für mich ein Lehrer gewesen, völlig naiv, aber um so wirkungsvoller.

Ich hatte Euch längere Zeit hindurch Geschichten aus dem Neuen Testament erzählt: vom verlorenen Sohn, den der Vater in seine Arme nimmt, vom guten Hirten, der das verirrte Schaf sucht, vom betrügerischen Zachäus, der von Jesus besucht wird. Jedesmal hattet Ihr ein Bild gemalt, damit Ihr es Euch besser merken und zu Hause davon erzählen konntet. Meist begann das schon an der Tür, beim Anziehen; denn die Mütter oder Väter holten Euch ab.

Petra konnte ein Biest sein. Ein Einzelkind, unter vielen Ängsten zur Welt gebracht, lebte sie mit der sehr weichen, kränklichen Mutter vorwiegend allein. Der Vater arbeitete in einer anderen Stadt.

Beim Anziehen trat Petra ihrer Mutter mit voller Absicht gegen das Schienbein.

»Nicht doch!« sagte die Mutter.

Petra trat weiter.

»Das tut mir weh. Du weißt, das ist mein krankes Bein. Wenn es schlimmer wird, muß ich wieder ins Krankenhaus.«

»Na und?«

Petra trat wieder zu.

Da gab ihr die Mutter eine Ohrfeige.

Plötzlich standest Du da, steil aufgerichtet, steif vor Empörung, die Fäuste geballt: »Sie sollen Ihr Kind nicht hauen! Jesus liebt die Bösen!«

Ein prächtiges Ergebnis meiner Predigt: Tretet Euch nur munter gegen die Schienbeine – Jesus liebt die Bösen. Was nun? Da stimmte etwas nicht. Da war etwas aus dem Gleichgewicht geraten. Nein, so konnte es Jesus nicht gemeint haben. Auch Petras Mutter liebte ihr Kind, aber doch nicht seine Bosheit.

Mein Mann empfahl mir, das 25. Kapitel des Matthäus-Evangeliums zu lesen. Mir wurde klar: Wir haben keinen Rechtsanspruch auf die Liebe Gottes, keine unkündbare Dauerkarte; wir können seine Güte auch verspielen durch schläfrige Trägheit, durch Mangel an Liebe zu denen, die uns brauchen.

Mir war nicht wohl. Ihr hattet mir zugehört, mir vertraut, aber ich hatte Euch nur die freundliche, die bequeme Seite der Wahrheit gezeigt. Hatte ich die Weichen falsch gestellt? Fuhr der

Zug in verkehrter Richtung? Konnte ich den Kurs noch korrigieren?

Beim nächsten Mal erzählte ich Euch als Variation des Bildes vom Weltgericht von einem Traum. Da war ein Fest in einem umzäunten Garten, Spiele für Kinder, Kaffeetafel für Alte, Musik, Tanz und Gesang. Der Gastgeber Jesus freute sich mit seinen Gästen. Draußen auf der Straße kam ein Trupp Kinder herbei. Jeder wollte der erste am Tor sein. Darum stellten sie einander Beine. Die Kleineren stürzten hin. Die ersten rüttelten schon am Tor: »He, laßt uns rein!« Als niemand hörte, warfen sie Steine über den Zaun. Ein alter Mann wurde getroffen. Da ging Jesus hinaus und sagte: »Ich kann euch nicht hereinlassen, solange ihr unsern Frieden stört.«

Sicher ist die Geschichte anfechtbar. Sie sollte auch nur die Balance wiederherstellen. Sie ist mir nicht besser gelungen. Du hattest begriffen, was ich meinte. Der »Erfolg« kam prompt.

Nach einiger Zeit erzählte mir Deine Mutter, daß sie bei Dir überraschende Veränderungen bemerke. Du tätest daheim Hilfsdienste, vor denen Du Dich sonst gedrückt habest. Du verlangtest, Dein Spargeld an ein Kinderheim zu schicken. Den rüpelhaftesten Jungen der Straße brächtest Du mit nach Hause und wünschtest

Dir, daß er den Sonntag bei Euch verbringen solle, kurz, Du entwickeltest Dich zu einem »edlen« Eiferer. Ihr, Deiner Mutter, sei unheimlich dabei.

Wir hatten ein langes Gespräch. Ich erzählte die Vorgeschichte. Gesetz und Gnade, eigenes Bemühen und Vertrauen, verzweifelt und getrost, zwischen beiden wirst Du schaukeln, die dialektische Spannung aushalten müssen. Ich kann Dir nicht einmal wünschen, daß Du Dich daran gewöhnst.

Wenn der Brief auch schon sehr lang ist, möchte ich doch noch eine Erinnerung festhalten: Jedes Jahr, wenn wir unsere Adventsfeier mit Kerzen, Gesang und Plätzchen hielten, habe ich eine weihnachtliche Geschichte erzählt, eine ausgedachte meist. Die eigentliche Weihnachtsgeschichte sparten wir auf für den Heiligen Abend. Bei meinen Geschichten ging es mal um einen Hirtenjungen oder um ein Kind aus Bethlehem oder um einen Soldaten des Kaisers Augustus. Ich dachte mir die Geschichte aus, erzählte sie Euch, und damit hatte sie ihren Dienst getan. Wegwerfgeschichten gewissermaßen.

Einmal sagte ein Kind, als das Programm vorüber war und wir beim Knabbern saßen: »Erzähl noch mal die Geschichte von der kleinen Mirjam, die vom vorigen Jahr.«

Ich überlegte und mußte gestehen: »Ich habe sie vergessen.«

»Ich ni-ht!«

Eine Spur Überlegenheit und Triumph war in Deiner Stimme. Und dann erzähltest Du lückenlos mit allen Einzelheiten die ganze lange Geschichte. Ein einziges Mal hattest Du sie gehört. Ein Jahr war vergangen. Die Geschichte war noch da.

Mit dem Erinnern geht es sehr geheimnisvoll zu. Woran erinnert man sich? Welche Instanz trifft die Auswahl? Nach welchen Gesichtspunkten? Mir hat Dein Erinnern Hoffnung gemacht. Wenn meine Wegwerfgeschichte schon so gut haften blieb, daß Du sie ein Jahr später erzählen konntest, vielleicht liegen dann die großen Bildergeschichten der Bibel auch in Deinem Erinnerungsschrank. Hol sie nur immer wieder heraus! Gute alte Originale sind so großartig, daß man bei jeder neuen Beleuchtung anderes in ihnen entdecken kann. Laß Dich von ihnen anreden und bestimmen.

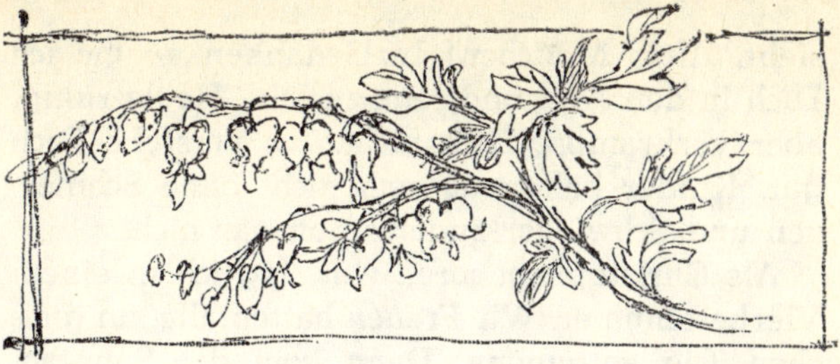

Liebe Renate!

Nun ist es also soweit: Ulrike und Frank werden heiraten. Es tut mir leid, daß ich nicht zur Hochzeit kommen kann. Eben habe ich Deinen Brief noch einmal gelesen, und nun sehe ich alles vor mir, was Ihr Euch ausgedacht habt: das Brautkleid aus Leinen und Baumwollspitze, die Blumenstreumädchen, die Polonaise, die Spiele im Garten, die Kaffeetafel, das kalte Buffet, ja, ich höre beinahe die Nachtmusik unterm Flieder, gespielt vom familieneigenen Quartett. Alles kann ich erkennen, nur nicht Dein Gesicht. Wie stehst Du nun wirklich zu dem Vorhaben nach den vielen Kämpfen? Wenn Dich jemand so lange kennt wie ich, dann klingen dem Deine Worte eine Spur zu forsch. Mir scheint, Du trägst ein Banner emsiger Geschäftigkeit vor Dir her, damit ja niemand Deine Besorgnisse sieht. Altes Mädchen! In Gedanken nehme ich Dich in den Arm und sage zu Dir: Heule ruhig, aber verkrampfe Dich nicht. Ich verstehe Dich gut. Kinder bekommt man nicht ohne Schmerzen und Schwiegerkinder schon gar nicht.

Als Christoph geboren war, lag ich in einem Vierbettzimmer. Wir Frauen hatten alle am gleichen Tag entbunden. Dann kam der Sonntag. Die Flut der Besucher strömte herein. Da saßen die frischgebackenen Großmütter an den Betten der Töchter und malten den jungen Vätern die lebensgefährliche Dramatik einer Geburt aus. »Es ist der schwerste Tag im Leben einer Frau«, sagten sie. Und die jungen Männer, Verursacher solcher Leiden, die verwirrt und glücklich hereingekommen waren, saßen da wie die Jungen, die man beim Kirschenklauen erwischt hat. Den Frauen schien ihre Heldenrolle zu gefallen.

Bei mir saß keine Großmutter. Ich konnte auch mit keiner schweren Geburt aufwarten. Alles war schnell und überraschend und unbeschreiblich erregend abgelaufen. Für mich war es kein schwerer, sondern ein wundervoller Tag gewesen. Der kleine zerknautschte Osterhase, der da plötzlich in meinem Arm lag, war mein Kind, »Fleisch von meinem Fleisch« und, davon war ich sonderbarerweise überzeugt, auch Seele von meiner Seele.

Du und ich, wir haben die Kerlchen geliebt und behütet, auf Wunden gepustet und Pflaster geklebt, nachts Wadenwickel gemacht, Zahnspangen und Senkfußeinlagen anfertigen lassen. Wir haben sie zum Flöten und Singen begleitet, uns mit Lehrern um sie gestritten und um Ausbildungsplätze gekämpft. »Meine Kinder«, habe ich gesagt, und wenn ich von der Zukunft träumte, dann waren sie immer mit dabei. Natürlich, irgendwann würde ein Partner hinzukommen; aber in meinen Träumen blieb der blaß, so blaß, daß er sich mühelos ins Familienbild einpassen ließ. Wenn wirklich durch Kümmernisse im Freundeskreis Zweifel an solchem Traumbild entstanden, dann habe ich sie ganz schnell ausradiert.

Ich habe Phantasie genug, mir auszumalen, wie viele Träume Du an Deine schöne und begabte Ulrike, für mich ist sie nicht anders zu beschreiben, gehängt haben magst. Das ist nicht die Leinwandschönheit einer Miss Sowieso; im Gesicht dieses dunklen Mädchens erkennt man die Ruhe, die Klugheit, die Sensibilität und die Bescheidenheit, die ihr Wesen bestimmen, auch ihre Willenskraft. Ich staunte, wie gelassen sie ins Abitur ging und wie sicher sie war, daß sie den Studienplatz bekäme, den sie wollte. Sie konnte warten. Sie hat es erreicht. Mir scheint, sie hat damit einen Deiner eigenen Träume verwirklicht.

Und dann kam Frank. Als ich die beiden zum ersten Mal miteinander sah, meinte ich, sie hätten sich zufällig getroffen, wie es unter Schulkameraden ja oft geschieht. Eine ernsthafte Freundschaft zwischen Ulrike und dem quirligen, ständig von verrückten Einfällen bestimmten Frank konnte ich mir einfach nicht vorstellen. Aber dann begegneten sie mir immer häufiger, und ich begann nachzudenken. Dabei fiel mir ein, daß die beiden zwei verbindende Gemeinsamkeiten haben: den gleichen Beruf und den gleichen, von jedem bewußt gelebten Glauben. Das könnte eine Basis sein, auf der sich ein gemeinsames Leben aufbauen läßt. Ich will damit nicht das andere herunterspielen, die verschiedenen Temperamente, die einander sehr fremden Elternhäuser. Ich glaube, Ulrike und Frank haben das auch nicht getan. Sie sind ja einige Jahre miteinander »gegangen«, und ich weiß, daß sie Eure Warnungen wohl bedacht haben. Von einem schnellen Entschluß kann man bei dieser Ehe gewiß nicht reden.

Das macht Deine Sorge nicht kleiner. Als ich jung war, habe ich mich über heulende Schwiegermütter lustig gemacht. Ach, Renate, als meine eigenen Kinder heirateten, konnte ich bei der

Trauung nicht singen und beim Festmahl kaum essen. Da steckte ein Kloß im Hals.

Mir wurde bewußt, daß mein Kind, wenn seine Ehe gelingen sollte, (Was heißt »gelingen«? Also bescheidener:) wenn sie nicht von vornherein schiefgehen sollte, von mir weggehen müsse. Räumlich und seelisch. »Vater und Mutter verlassen« sagt die Bibel dazu. Bisher hatte ich das nur mit den Augen gelesen und nicht gewußt, was es in der Wirklichkeit bedeutet. Ich muß mich klein machen, muß loslassen, meine Sorge, meine Meinungen, meine Ratschläge zurücknehmen. Du kennst mich und weißt, wie schwer mir das fällt. Mein Mann kann es besser.

Es war bei der Trauung eines Sohnes. Während die jungen Leute sich die Ringe aufsteckten, sah ich ein anderes Bild. Die Zeit war zurückgeschnellt. Ein Abend, spät, ehe unsere Freunde nach Hause gingen, schauten wir alle noch mal ins Kinderzimmer. Da lagen unsre Jungen: leicht verschwitzt das Haar, ein heller und ein dunkler Schopf, gelöste Glieder, rosige Gesichter. Wie ein kalter Hauch wehte es mich an: Was wird das Leben aus ihnen machen? »Schwarzseher!« flüsterte unser Freund Hilmar. Nun hauchte die Sorge mich an: »Was wird die Ehe aus ihm machen? Wieviel Tränen wird sie kosten?«

Das ist auch Deine Frage, nicht wahr? Wir

sind doch seltsame Mütter. Du und ich haben entgegen allen Warnungen unserer Eltern geheiratet und haben in unseren Ehen Glück und Tränen, Dankbarkeit und Verzweiflung erfahren. Nun aber, bei unseren Kindern, meinen wir, es gäbe das eine ohne das andere. Was für ein irreales Wunschdenken! »Geh und lieb und leide«, sagt der alte Chamisso. Es gehört wirklich beides zusammen. Jede Ehe hat ihr Problem, ihr spezifisches Leid. Was ich Deinen Kindern wünsche, ist, daß sie ihre Schmerzen zu überlieben vermögen. Und Dir, meine alte Renate, wünsche ich, daß Du Ulrikes Tränen nicht Frank allein zum Vorwurf machst.

Denn das ist wohl noch eine Hürde, die man als Schwiegermutter zu überwinden hat: das Schwiegerkind selbst. Eines Tages steht es da. Ein fremder, fertiger Mensch, mehr oder weniger sympathisch. Was geht er mich an? Mein Kind liebt ihn, aber meine Augen sehen ihn nicht in diesem Glanz. Muß ich ihn auch lieben, plötzlich, von einem Tag zum anderen? Kommt er mir dabei entgegen? Was liegt ihm an mir? Spürt er meine prüfenden Gedanken? Was weiß ich von ihm? Vielleicht macht er mein Kind mehr traurig als froh. Eine verzwickte Situation.

Dieser fremde Mensch meint zunächst nur mein Kind und will es für sich gewinnen. Wenn ich zwischen die beiden trete, und sei es nur mit meinen Anfragen, wird er mich als Gegner empfinden. Und mein Kind – auf wessen Seite soll es sich stellen? Was soll ich tun? Ich kann weder heucheln noch meine Besorgnis verschweigen. Aber ich will auch nicht etwas sehr Verletzliches zerstören. In dieser Lage habe ich einmal mehr erfahren, wie tiefsinnig unsere Sprache ist. Sie kennt den guten Begriff »Liebe üben«.

Renate, wenn ich das Geschriebene überlese, könnte der Eindruck entstehen, ich hätte die Schwiegermutterweisheit mit Löffeln gegessen. So ist es nicht. Ich übe und übe, zum Teil mit recht kläglichem Erfolg. Vielleicht schreibe ich das alles nicht nur für Dich, sondern auch für mich. Neulich heulte eine junge Frau auf meinem Sofa: „Verheiratetsein ist ganz schön schwer!«

Die rauschenden Hochzeitsfeste kommen mir oft vor wie die Zuckertüten zum Schulanfang. Kaum ein Erwachsener, der nicht über die Schule gestöhnt hat. Oder denk an das Knallen in der Silvesternacht, das die bösen Geister der Angst und Sorge vertreiben soll. Wir wissen genau, daß derlei Hokuspokus nichts hilft. Irgendwo las ich: »Alle Liebenden sprechen dasselbe Gebet:
Herr, dem Engel gib Kraft, der hinter mir steht!«
Die Ehe ist heute noch gefährdeter geworden als zu unseren Zeiten. Vieles ist nicht mehr ver-

gleichbar. Wollen wir den Jungen noch mehr Ballast aufladen? Laß uns dem Engel etwas zutrauen. Vielleicht können wir ihnen auch sagen, wann und wie er uns geholfen hat.

Lieber Andreas!

Mein Zimmer duftet nach Freesien. Hab' noch einmal Dank für den schönen Strauß. Jeden Tag freue ich mich daran, erneuere das Wasser, zupfe die welken Blüten aus und rede in Gedanken mit Dir.

Ich mache mir Sorge um Dich. Natürlich hat uns Dein Blitzbesuch erfreut, und eine kurze Kaffeestunde ist sicher besser als gar nichts. Bin ich zu unbescheiden, wenn ich mehr erwartet habe?

Du saßest auf meinem Sofa und erzähltest von Deinen Erfolgen: im Beruf, in der Weiterbildung, bei der Verschönerung der Wohnung. Selbst der Bericht über die Ferien klang wie eine Erfolgsmeldung. Ich sah Dich an, sah die Unrast in Deinen Augen, das Zucken um die Nase, die unruhigen Hände. Die ganz beiläufig erwähnten Magenbeschwerden schienen mir in dieses Bild zu passen.

Als Du am Samstagnachmittag in der Tür standest, hatte ich sehr auf ein gemeinsames Wochenende gehofft, einen ruhigen Abend, Zeit zum Reden und Schweigen.

Es ist schön, wenn Du tüchtig bist, mein Junge, und ich freue mich darüber. Aber die Leistung allein macht den Menschen noch nicht satt. Er braucht mehr zum Leben. Ein Motor kann nicht pausenlos laufen. Er muß auch einmal tanken und Ruhe haben. Ich kann die Quellen nicht erkennen, aus denen Du schöpfst. Deine Geige ist vergessen. Alte Freunde erkundigen sich bei uns, weil sie von Dir nichts hören. Dein Kontakt zur Gemeinde ist abgerissen. Die Sonntage füllst Du mit Arbeit, Schlaf und Essen. Kann das alles sein? Spürst Du nicht die Signale, die Dir Dein Körper gibt? Der Mensch lebt nicht vom Brot allein. Ich frage mich, was ich in früheren Jahren falsch gemacht habe, daß es mir nicht gelungen ist, in Dir Freude am Gottesdienst zu wecken. Hier könnte aktive Erholung für Dich beginnen.

Für mich ist diese Stunde am Sonntag wichtig. Ich brauche sie zum Leben wie Brot und Wasser. Das schließt nicht aus, daß ich mich über manche Predigt wütend ärgern kann. Aber eine Predigt macht zum Glück nicht den ganzen Gottesdienst aus. Neulich, als mich die würgende Angst um unsere Enkel, die in eine von Waffen starrende Welt hineingeboren werden, überkam, bedeutete es sehr viel, mit ein paar Menschen »Herr, erbarme dich« singen zu können. Wir haben es gesungen; aber in diesem Moment wußte ich, warum es im Neuen Testament heißt: »Er schrie: Herr, erbarme dich!«

Gestern lasen wir im Ehepaarkreis den Schöpfungstext aus dem ersten Mosebuch. Uralte Worte. Plötzlich redeten sie erregend neu vom Zusammenhang alles Lebendigen. Wir Neunmalgescheiten kamen uns ganz klein vor angesichts dieser Weisheit. Das Gespräch wollte kein Ende nehmen. Wir kamen spät nach Hause. Ich konnte lange nicht einschlafen. Ich lag im Dunkel, und die vielschichtigen Bilder zogen an mir vorüber: Tag und Nacht, Himmel und Erde, Pflanzen, Mond und Sterne, Vögel und Fische, Tiere. Von Gott hervorgerufen aus dem Chaos und den Menschen anvertraut. Am siebenten Tag der ruhende Gott.

Da stand der Film still. Ich hätte in diesem Moment aufstehen und mit Dir reden mögen. Laß uns bei den Bildern bleiben. Wir wissen beide, daß man sich Dingen, die unserem Verstand schwer faßbar sind, durch Bilder besser nähern kann. Nachts, auf meinem Kopfkissen, wurde mir plötzlich klar, daß der erste Lebenstag des Menschen der Ruhetag Gottes war. Auch Dein erster Tag, mein Junge, war ein Ruhetag. Du brauchtest noch nicht einmal zu trinken. Du lagst in meinem Arm, und wir schmusten miteinander. Das war sehr schön für mich, und auch Du sahst recht zufrieden aus. Du hast gern geschmust, als Du klein warst. Später änderte sich das. Weinen und Schmusen schienen Deiner Vorstellung von Männlichkeit zu widersprechen. Nur einmal, Du warst sechzehn und hattest bei einer Lungenentzündung sehr hohes Fieber. In diesen Fiebernächten wurdest Du wieder mein zärtliches Kind.

Aber ich schweife ab. Ich wollte sagen, daß mich das biblische Bild faszinierte. Ob es wirklich am Morgen der Menschheit so war? Menschen, die ihr Leben und die Schöpfung ringsum ganz naiv als Geschenk annehmen? Sie leben, sie atmen, sie freuen sich. Nichts muß verdient werden, keine Leistung ist gefordert, keine Kaderakte gefragt, kein Image aufzubauen. So wie sie sind, sind sie das Gegenüber des ruhenden Gottes.

Ruhetag! Das hat für uns einen negativen Klang. Das Schild »Ruhetag« an der Gaststättentür läßt uns hungrig draußen stehen. Ruhe! Das heißt: Der Vater schläft, und die Kinder sollen leise sein.

Der ruhende Gott schläft keineswegs. Er heiligt und segnet. Das sind altmodische Worte, Kirchensprache, Euch Jungen fremd. Ich sehe aber bei diesen Worten, wie Gott mit einer Gebärde der Zärtlichkeit die Schöpfung an sein Herz zieht. Das Leben des Menschen beginnt mit der Zärtlichkeit Gottes. Ich war richtig glücklich über diese Entdeckung.

Zwischen Partnern, die sich lieben, ob es sich nun um Eltern und Kinder, um Eheleute oder sonstwen handelt, spielt die Zärtlichkeit eine wesentliche Rolle. Sie badet die Seele und putzt die Sinne blank. Da bekommt die ganze Welt ein anderes Gesicht. Die Sonne scheint heller, die Blumen leuchten bunter, das Radio des Nachbarn stört weniger, die angebrannte Suppe wird genießbar. Plötzlich findet man Zeit, sich an Vergangenes zu erinnern und gemeinsame Zukunft zu planen. Wir würden alle miteinander verdorren, wenn die Zärtlichkeit aus unserem Leben verschwände. »Schmusen muß sein«, singt Gerhard Schöne. Recht hat er. Der Zärtliche will schenken und ist doch am Ende selbst beschenkt. Er lebt von den Reaktionen des geliebten Gegenübers. Er wartet darauf.

Es mag ein bißchen verrückt klingen, aber nach diesen Überlegungen habe ich mir das dritte Gebot sehr frei übersetzt: Nimm dir Zeit für Gottes Zärtlichkeit! Vielleicht ist manches auf der Welt so kalt und krank und verkrampft, weil uns dieses Erfrischungsbad fehlt.

Gott hat zwar keine menschliche Gestalt; aber wenn ich ihn Vater nenne, dann darf ich Dir auch raten: Leg Deinen Kopf in seinen Schoß, atme tief durch, träume, rede, frage oder sei einfach still. Er wartet.

Liebe Dorothee!

Nun ist aus unserem gemeinsamen Brombeersammeln nichts geworden. Schade. Sicher war der Ausflug auch ohne mich schön. Goldener konnte das Wetter kaum sein.

Ich habe an diesem Tag die alte Frau Heinze in die chirurgische Klinik gebracht. Ob Du Dich noch an sie erinnerst? Der Kantor nannte sie »die Drossel«. Er meinte es nicht böse. Wenn die kleine, gedrungene Person sonntags mit schwarzem Topfhut, im schwarzen Mantel auf ihren dünnen Beinen die Straße heraufgetrippelt kam, flüsterte er: »Eine Drossel ist schon da.« Der Vergleich mit einem aufgeplusterten Vogel war nicht von der Hand zu weisen. Der von uns oft zitierte Satz »Wat wolln Se denn, mir stört dat nich« stammt übrigens von ihr.

Eine Gruppe von Theologiestudentinnen und -studenten hatte bei uns im Saal ihren ersten Gottesdienst gehalten. Im Anschluß daran wurde die Gemeinde um Kritik gebeten. Ein junger Mann hatte gepredigt, ein auffallend schönes Mädchen in schwarzem Kostüm, damals waren sehr kurze Röcke modern, hatte den liturgischen Teil, Gebete und Lesungen, übernommen. Die Gemeinde war recht angetan, allerdings müsse der junge Mann lauter und vor allem langsamer reden. Es gab noch ein paar Fragen zum Inhalt der Predigt, dann wurde es still. Das Gespräch schien zu Ende. Da meldete sich Dr. T., der graugelockte Mittvierziger. Er müsse noch etwas sagen. Pause. Er räusperte sich. Also, bei Damen würde er doch für den Talar plädieren. Ob er dafür einen Grund angeben könne? O ja. Wieder eine Pause. Er richtete sich auf. Wir hörten ihn tief Atem holen. Dann sagte er: »Verzeihung, aber angesichts so schöner Beine kann ich nicht konzentriert beten!« Gelächter. In dieses Gelächter hinein kam aus der hintersten Ecke Wanda Heinzes Stimme: »Wat wolln Se denn, mir stört dat nich!«

Die alte Wanda. Ihr rundes Gesicht mit den Kullerbäckchen, um ihre glatte Haut konnten sie Jüngere beneiden, gehörte ins Bild der Gemeinde.

Letzte Woche fuhr ich an ihrem Haus vorbei. Ich kam vom Markt und dachte: du hast sie lange nicht gesehen. Schau doch mal rein. Ich stieg vom Rad, klingelte. Nach einer Weile schlurfende Schritte. Wanda öffnet, im Nachthemd, blaß, elend, verheulte Augen. Sie soll in die Klinik, morgen schon. Das alte Darmleiden ist wieder aufgetreten. Sie weiß seit langem, daß da etwas wächst; aber sie hat solche Angst, daß man ihr einen künstlichen Darmausgang legen könnte. Sie hat das bei der Nachbarin erlebt und sich sehr davor geekelt. Wanda ist peinlich sauber. Darum hat sie seit zwei Jahren den Arzt gemieden, bis gestern die Schmerzen unerträglich wurden.

»Nu werden se mir schimpfen.«

Ich verspreche ihr, am nächsten Morgen da zu sein, in die Klinik mitzufahren und aufzupassen, daß keiner schimpft.

Sie ist schon fertig, als ich komme. Im guten Kleid, tadellos gekämmt, sitzt sie am Tisch. Die Tasche ist gepackt. Auf dem Vertiko liegen Geld für die Lichtrechnung, Schlüssel, Papiere, ihr Testament in einem Umschlag. Das Krankenauto kommt. Sie setzt den Hut auf. Der junge Fahrer treibt zur Eile.

»Warten Se!«

Sie geht noch einmal zurück. Ruhig durchwandert ihr Blick jeden Raum. Dann zieht sie überall die Vorhänge zu.

»Fertig.«

»Sind Sie die Tochter?« fragt mich die Dame am Aufnahmeschalter der Klinik. Nein, Wanda hat keine Kinder. Immer wieder sucht sie nach meiner Hand in der verwirrend großen Klinik. Flure, Treppen, Laufzettel, Labors, Röntgen, vielerlei Fachausdrücke, von denen die alte Frau aus Galizien nichts versteht. Schlechte Luft und so viele Menschen. Wir wissen beide, daß auf keine Heilung zu hoffen ist, nur Erleichterung, bestenfalls. War es Zufall, daß ich gestern auf ihre Klingel drückte? Jetzt stelle ich mir vor, wie verloren sie sich in diesem Räderwerk gefühlt hätte.

Viele Stunden haben wir verwartet: auf den Arzt, aufs Röntgen, auf das Entwickeln des Bildes, auf den Oberarzt, der die Entscheidung über das Für und Wider einer Operation treffen sollte. Da hat mir Wanda aus ihrem Leben erzählt.

Vor neunundsiebzig Jahren ist sie geboren. Sie ist das neunte Kind armer, frommer Bauersleute. Eigentlich hat die Mutter dies Kind nicht mehr gewollt. »Wo ein Häslein ist, ist auch ein Gräslein«, hatte der Vater gesagt. Er war ein fröhlicher, fleißiger Mann. Er hat so schön gesungen. Und gebetet hat er mit seinen Kindern. Er starb, als sie siebzehn Jahre alt war. Viel

Not und Kümmerlichkeit folgten. Wanda ging in Stellung bei reichen Juden. Ein Haushalt, streng nach jüdischer Gesetzlichkeit. »Aber ich bin meinem Herrn treu geblieben.« Eine späte Ehe. Keine Kinder. Das war schwer. »Aber mein Mann, der war so strahlend, das können Sie sich nicht vorstellen. Den hat mir Gott geschickt gegen meine Schwermut.« Stille. »Warum hat er ihn mir nur so früh wieder weggenommen?« Keine Antwort. Erwartet sie eine von mir? Nach einiger Zeit sagt sie: »Der Herr hat's gegeben, der Herr hat's genommen. Der Name des Herrn sei gelobt.« Eine Formel? Vielleicht. Aber eine hilfreiche, ein Gefäß, das sie benutzen kann, um Durchlebtes, Durchlittenes, Unbegreifliches hineinzufüllen.

Dann kommt der Arzt mit dem Röntgenbild. Es sieht schlimmer aus, als er vermutet hat.

»Warum sind Sie nicht früher gekommen?«

»Weil ich Angst hatte, Herr Doktor. Ich dachte, ich dürfte vorher sterben.«

Der junge Arzt begreift nicht. Wovor hat sie denn Angst? Gibt es Schlimmeres als das Sterben? Er ruft mich auf den Flur.

»Warum kam sie nicht eher? Jetzt ist die Operation ein Risiko.«

Ich bitte ihn nur, ihr Vorwürfe zu ersparen.

Und wieder sind wir eine Stunde lang allein.

Ein kleiner Raum, zwei Schränke, eine Liege, ein Tisch, ein Stuhl. Da kommt die Angst. Sie faltet die Hände. Ich auch. Wir reden mit Gott. Ich suche Worte für ihre Angst vor Schmerzen, vor Hilflosigkeit, vor dem Ausgeliefertsein an fremde Menschen und Apparate. Die alte, fromme Wanda weiß Sätze, die sie sich nicht erst ausdenken muß. Sie hat sie gelernt. Nun kann sie sich daran festhalten.

»Der Herr ist mein Hirte, mir wird nichts mangeln ... Und ob ich schon wanderte im finstern Tal, fürchte ich kein Unglück; denn du bist bei mir ... – Ja, ich will euch tragen bis ins Alter ... ich will heben und tragen und erretten.«

Dann haben wir alles gesagt. Ich gebe ihr einen Kuß.

Endlich ist auf einer Station ein Bett für sie gefunden. Es steht an der Wand, nicht frei im Raum und nicht in der Zugluft am Fenster. Es ist so, wie sie es sich gewünscht hat. Sie steht im Nachthemd daneben, barfuß, der dünne weiße Zopf hängt ihr über die Schulter. Sie faltet ihre Hände und sagt laut: »Lieber Gott! Danke! Ich habe ein Bett an der Wand!«

Liebe Dorothee, ich habe viel von meinem Wanda-Erlebnis geschrieben. Spürst Du, wie es mich beschäftigt, wie es den Boden erschüttert, auf dem ich mein Lebenshaus erbaut habe? Da habe ich nun allerhand angesammelt: Musik, Literatur, Bilder, Reiseerinnerungen. Ich denke an Eure Kinderzeit. Wir haben für Spiele, für Feste, für schöne Ferien, für Sport und für die sogenannte Bildung gesorgt. Gegen Wandas karge Kindheit war Eure ein bunter Garten. Der Bauer aus Galizien hat seinem Kind etwas mitgegeben, mit dem es leben und sterben kann. Vielleicht hat Wanda damals nicht verstanden, was sie lernen sollte; aber sie hat es getan. Es waren Weisheitsworte, gediegenes, ehrfürchtig bewahrtes Gut, und es war der sehr geliebte Vater, der es an sie weitergab.

Ich denke an Eure Luise, an Till, prall von Leben und Temperament. Ich hab sie so lieb. Auch sie werden sterben. Wer wird dann bei ihnen sein? Wer wird ihnen überhelfen in Angst und Schmerzen?

Dorothee, liebe kleine, große Tochter, gib ihnen Brot, nicht nur Kuchen!

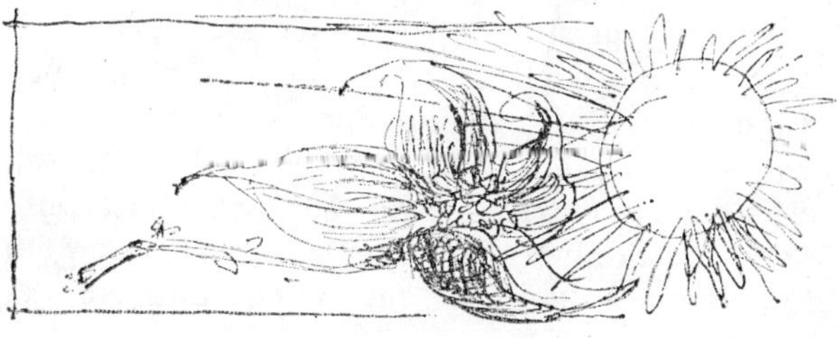

Lieber Stefan!

Vor ein paar Stunden habe ich Till ins Bett gebracht. Noch einmal zelebrierten wir das abendliche Ritual in aller Ausführlichkeit: vorlesen, singen, erzählen. Du weißt ja, wieviel wir zwei uns zu erzählen haben! Wie an jedem Abend heulten auch heute die Teddys, bis sie schließlich ihr besonderes Abendlied bekamen.

Eben bin ich noch einmal im Zimmer gewesen. Till liegt auf die Seite gerollt, ruhig atmend, ganz gelöst. Die Hände geöffnet, sie schlafen auch. Ich habe ihm übers Haar gestrichen, ihn zugedeckt.

»Bist du mein Schatz?« Ein kaum merkliches Lächeln. Er nickte.

Morgen weiß er nichts davon. Morgen wird er aufgeregt am Fenster stehen und auf das Auto warten, das ihn zu Euch zurückbringen soll. Morgen wird er seine Tasche immer wieder ein- und umpacken und kaum Ruhe zum Frühstücken haben. Morgen!

Ich werde noch lange an diese gemeinsamen Tage denken. Ich danke Euch sehr, daß er bei uns sein durfte. Erstaunt stelle ich fest, daß offenbar ein gewisses Alter zur Großmutterreife nötig ist. Freilich kann man schon sehr jung ein Enkelkind haben. Bei mir ist es auch so gewesen. Als Sabine damals geboren wurde, hatten wir selber noch junge Kinder. Sie war ein kleines Mädchen mehr in unserem Familienkreis. Aber dann kam eines Tages, oder war es eines Nachts, der Augenblick, wo ich die Zeit wie feinen Sand rinnen hörte. Betroffenheit, daß nun die Schatten länger werden, daß es ein Niemehr gibt. Ich möchte das nicht als eine traurige Erfahrung verstanden wissen, eher als Anruf, das Unwiederbringliche bewußter zu erleben.

Früher habe ich geseufzt oder auch geknurrt, wenn eins von Euch Kindern nachts an meinem Bett erschien und meinen Schlaf störte. Jetzt lausche ich mit angehaltenem Atem, wenn im Dunklen die Tür quietscht, und bin glücklich, wenn Tills nackte Füße über die Dielen tappen und auf mein Bett zukommen.

»Großmutter, rutsch mal!«

Ich rücke gern zur Seite und genieße das Ankuscheln des warmen kleinen Körpers. In wenigen Jahren wird er das nicht mehr tun. Oder beim Spazierengehen: So schnell er kann, rennt er voraus. Wenn aber irgendwo, und sei es in weiter Ferne, ein Hund auftaucht, dann schiebt sich unversehens seine Hand in meine. Wie lange wird er von mir noch Schutz erwarten?

Nein, es war keine Belastung, ihn bei uns zu haben, es war ein Geschenk. Jedesmal, bevor er kommt, halte ich meine Freude gewaltsam nieder mit der Frage: Ob wir diesmal wieder so gut miteinander umgehen können? Das ist durchaus nicht selbstverständlich.

Wir können mühelos spielen und erzählen, wir können albern und Faxen machen, aber auch tiefsinnige Gespräche führen. Mich überrascht seine Logik und die Fähigkeit, Gedachtes zu formulieren. Till und ich senden und empfangen, zumindest bisher, auf sehr ähnlicher Wellenlänge. So etwas kann man nicht wollen. Vielleicht ist es gerade deswegen so schön.

Ich erinnere mich an die Freude, wenn mein Vater mit mir ins Theater gehen wollte. Aber dann kam die Beklemmung: Wir gingen nebeneinander und schwiegen. Ganz selten und sehr mühsam ergab sich ein Gespräch. Trotz aller Zuneigung lebten wir in verschiedenen Welten und sprachen zweierlei Sprachen. Till ist für mich verständlich, auch wenn ich mit ihm nicht einverstanden bin, auch in seiner Wut und noch mehr in seinen Ängsten.

Diese Ängste. Von starker Phantasie genährt, wuchern sie bis in seine Träume. Da hat Großvater aus seiner Jugend erzählt, wie ihn bei einer Wanderung durchs Havelluch eine Kreuzotter gebissen hat. Schon wimmelt es in Tills Träumen von Schlangen.

Noch immer zeigt er mir die Stelle, wo er vor zwei Jahren das brennende Auto liegen sah. Und jedesmal steht Entsetzen in seinen Augen.

Auch wenn er, scheinbar versunken, mit seinen Autos spielt, er hört die Fernsehstimme im Hintergrund. Schreckliche Worte erreichen ihn: Atomraketen, Waldsterben, Nervengas, Erdbeben, Hungersnot, Mord, Bombenanschlag. Das Spiel stockt, er sitzt und starrt vor sich hin.

Er hat noch nicht den Mechanismus der Erwachsenen ausgebildet, die mit gräßlichen Wahrheiten umgehen, als wären sie nicht vorhanden. Er hat noch keine Hornhaut auf der Seele. Er sieht sich in einer von tausendfachem Tod bedrohten Welt und hat Angst. Wer oder was kann ihm helfen? Ihn tröstet es nicht, wenn ich sage: »Denk nicht dran. Das Schlimme betrifft dich nicht.« Sein feiner Instinkt sagt ihm, daß das nicht wahr ist. Es kann ihn durchaus betreffen, und was dann? Von dieser Angst vermag ihn auch das herrlichste Spielzeug nicht abzulenken.

Du weißt besser als ich, wie anders sein kleiner Bruder lebt. Dieser fröhliche Bursche hat offensichtlich eine hellere Natur. Ein kontaktfreudiger, pfiffiger Draufgänger, der sich, bislang jedenfalls, vor niemand und nichts fürchtet. Er sieht die Welt schön und lustig; die andere Seite kommt in seiner Phantasie nicht vor.

Till dagegen fühlt sich bedroht von den großen Gefahren, aber auch von den kleinen atmosphärischen Störungen.

»Gehst du jetzt gern in den Kindergarten?«

»Nein. Ich weine nur nicht mehr.«

Wieviel Kummer liegt vor solchem Satz! Es ist ihm zu laut in der Menge. Jede Unart der Kinder, auf die die Erzieherin mit Schelte reagieren muß, bringt ihn in eine Spannung, unter der er leidet.

Er hätte als Känguruh geboren werden sollen, um im hautnahen Schutz des mütterlichen Beutels die Welt kennenzulernen.

Laß mich Dir ein kleines Erlebnis erzählen. Dieser Tage entdeckte er ein Bilderbuch aus meiner Kindheit: »Der Osterhas auf Reisen«. Till blätterte und blieb an einem Bild hängen. Da hatte sich der kleine Hase im Winterwald verirrt. Halb erfroren wird er vom Christkind gefunden. Es taut ihn auf in seinen Armen. Ein fragwürdiges Bild: das Christkind in weißem Gewand, mit Flügeln und blonden Locken. Till guckt versonnen auf das Bild: »So eine Freundin möchte ich haben.«

So anfechtbar dieses Bild ist, es hat ihn erreicht. Es benennt seinen Mangel und seine Sehnsucht.

Auch in meiner frühen Kindheit spielt ein Bild

eine wichtige Rolle. Großmutter hatte es zur Hochzeit bekommen, und nun hing es im Schlafzimmer über den Betten. Es zeigte einen lockigen Engel in langem rosafarbenen Gewand, der seine Flügel über zwei Kinder breitet, die ein reißendes Wasser auf schmaler Brücke überqueren. Kitschpostille, wirst Du sagen. Ich kann es nicht leugnen. Zu meiner Verblüffung aber muß ich gestehen, daß dieses Bild, das ich als Kind gerne ansah, mir in Erinnerung blieb, mehr noch, daß es eine Ahnung zurückgelassen hat: Es gibt Mächte, die mich auf gefährlichen Wegen schützen können.

»Till«, habe ich gesagt, »wenn ich Kummer habe, dann denke ich an Jesus oder an Gott. Dem kann ich alles erzählen. Das ist so wie Ankuscheln an jemanden, der mich liebhat. Ich weiß, er ist immer da, auch wenn ich ihn nicht sehe.«

Abends haben wir zwei mit Gott geredet. Ob Du das auch mit ihm tun kannst? Ich kenne Deine Hemmungen. Du hast Sorge, ihm den Glauben überzustülpen, meinst, er müsse sich die einzelnen Schritte selbst erfragen. Wahrscheinlich liegt die Unsicherheit auch ganz tief in Dir.

Wolfgang Borchert, der als junger Mensch an den Schrecken des zweiten Weltkrieges zerbrach, hat einmal geschrieben: »Aber sie gaben uns keinen Gott mit, der unser Herz hätte halten können, wenn die Winde dieser Welt es umwirbelten.«

Ich glaube, Till mit seinen vielen Ängsten braucht eine starke Hand, die ihn festhält in den Bedrohungen der Welt.